U0071155

新譯《玩偶之家》

林雯玲——譯

推薦序　愈加尊敬易卜生

文／紀蔚然

讀完《新譯《玩偶之家》》之前言與劇本後，多年來關於這部劇作的一些疑惑已大半獲得解答。

我不懂挪威文，因此無論是為了研究或教學，不得不仰賴英文譯本的《玩偶之家》，然而單從諸多版本挑選其一就夠令人頭疼。該劇乃西方戲劇經典，更被譽為「現代戲劇」第一聲號角，英譯版本接二連三並不奇怪，但怪就怪在譯者於處理語意曖昧的段落時，各個版本不盡相同，有些甚至不知所云。原來，多虧譯者林雯玲教授為我們解釋，《玩偶之家》的對白除了字面意義外往往弦外有音，導致翻譯上的困難。更重要的，原來易卜生一直在進行語言實驗。

易卜生出生時，挪威已脫離丹麥的統治。丹麥挪威王國時期，官方和正式場合的語言為丹麥文，到了聯合王國後期，挪威菁英階層逐漸發展出「涵納挪威地方語彙的丹麥語」，一種「有教養的日常語言」。挪威自1814年獨立後，關於國語的爭議主要分兩個陣營，激進派認為應致力於「去丹麥化」，溫和派則認為應讓語言從日常使用中自然演化。易卜生支持後者主張的漸進式挪威化，因此他平常書寫使用的語言是「丹麥挪威文」（Dano-Norwegian）。然而，很多人不知道（我現在才知道），易卜生寫劇本時為自己設下了挑戰：「如何在丹麥文的拼字和文法架構下，創造挪威中產階級的語言效果，寫出可信的對話。而這也形成易卜生劇作語言的獨特新鮮之處：納入挪威地方語言，甚至創新的語彙，以表達特殊的意涵……雖然易卜生的書信和文章風格傾向使用較正式的丹麥文為主，易卜生的劇本則使用更多的挪威文，正式語言往往只見於人物的公開演講，或為掉書袋和傲慢自負的角色所使用。」

原來，易卜生的語言並不單純，一點都不透明。

在這之前，我一直把易卜生的語言風格擺在「現代抒情」這個脈絡：隨著社會日漸民主，西方劇作家企圖融合高雅的韻文和俚俗的白話，讓他們研磨而成的抒情語言（lyricism），一方面富有詩意（poetic），一方面又如實反映日常生活的平凡庸俗（prosaic）。易卜生如此，史特林堡、契訶夫亦如是；這個語言傳統一直延續到1930年代的皮藍德羅和布萊希特，直到荒謬劇場的語言標榜「反詩的詩學」（anti-poetic poetics）後才出現重大變化。（順帶一提，易卜生的劇本在五四時期被引進中國時，因當時白話文實驗才剛起步，也因拙劣的譯文，竟然由此繁衍出話劇裡矯揉作態、雅不可耐的「藝文腔」。）

以上的觀察依舊成立，但我之前因無知而未察的面向在於：易卜生之於對白的鑄造，除了講究文體的優雅外，對於語言的政治意涵已有高度自覺。對他來說，語言顯然不是負責承載意義的透明工具，而是本身即為飽含文化軌跡和政治面向的物質。據此，我猜想，原文裡海爾默這個大男人的語言風格和諾拉這個小女子的語言風格應有區隔，而且和務實、理性的林德太太的語言風格相比，差別應該更為明顯。

即便不知上述背景，仔細的讀者不難察覺易卜生在文字上所下的功夫。《玩偶之家》劇中，誠如林雯玲指出，「美好的」、「可怕的」、「陌生人」、「裝飾」等關鍵字眼重複出現，而且隨著情境與人物認知的變化，各個詞語在不同的階段代表不同的指涉。關於這一點，少數的英譯版本照顧到了，但之前幾個中譯版大都忽略之，而其中一兩本馬虎的程度是「可怕的」。

在翻譯過程裡，林雯玲除了參考兩部英譯本外，同時對照丹麥挪威文原著與其英文的字面直譯，甚至在虛字翻譯上也多方斟酌。

其結果是「美好的」，不但捕捉了原文語言的精煉，並提示了無所不在的次文本。易卜生的劇本是耐得住精讀的，每次閱讀總不免讚歎其文本肌理的綿密與複雜。拜讀這部新譯，除了佩服譯者的敬業精神外，更讓我愈加尊敬易卜生。

*作者為臺灣當代重要劇作家、臺大戲劇系名譽教授

自序

2010年自美國完成學業回到臺灣，很幸運地，能夠落腳充滿人文氣息的府城，於國立臺南大學戲劇創作與應用學系展開忙碌的教學與研究生活。猶記得當時開始教授以西洋現代戲劇為主的「劇本導讀（二）」和「西洋戲劇與劇場史」等必修課程，因為合適的中文教材稀疏，往往得花費大量的時間整合、翻譯英文書籍的章節段落做成補充教材或是濃縮成PPT講授，總在焦慮的心情下準備課程直到上陣前的最後一分鐘。幸好，幾年下來，隨著編纂的講義逐漸累積，加上坊間或有新出版的中文相關書籍，陸續解決了不少教材的問題。這次翻譯並出版「現代戲劇之父」易卜生（Henrik Ibsen, 1828-1906）最為世人熟知的劇作《玩偶之家》，即是分享我為「劇本導讀」課所完成的教材編纂之一。

在這門三學分的課程，學生必須閱讀約十個西方經典劇本，主要以中文譯本為主。雖然《玩偶之家》並非我最喜歡的易卜生劇作，但因其主題與形式可以提供豐富的討論，除了第一年外，它始終是我引領學生進入西方現代戲劇、認識分析劇本的元素、與養成閱讀「翻譯」劇本須具備之覺察的起始點。更重要的是，《玩偶之家》是易卜生最常被演出的劇作，至今仍在全球各地上演。它讓易卜生在世時即從「挪威作家」變成「世界作家」，女主角諾拉名列世界舞臺上最常被搬演、討論、激辯的女性名單。該劇自1879年於哥本哈根首演到2015年，已經被翻譯成35種語言在87個國家演出，其中39個是歐洲以外的國家，並且改編成8部無聲電影，7部電影，以及電視製播至少25次。[1]挪威政府長久以來更刻意提倡《玩偶之家》為國族文化的代表，鼓勵國內外的製作演出；[2]並促使易卜生簽名的《玩偶之家》手稿於2001年列入聯合國國際教科文組織的「世界記憶名錄」；2006年，易卜生逝世百年，挪威政府訂定為「易卜生年」，世界各地舉行的紀念活動、研討會與搬演易卜生的劇作繁多，可謂該年度全球最大的文化盛事。自然地，若要引領學生認識易卜生的入門作品，必從《玩偶之家》開始。

此門課使用過兩個版本的中譯本，各有所長與缺失，但始終得花費不少時間來釐清因翻譯問題所造成的困惑，我一度有過從課綱拿掉這個劇本的念頭。當然，以易卜生在西方劇場史的地位，我深知若因譯本緣故，放棄讓學生有熟讀其作品的機會，有失職責，亦是因噎廢食。是故，為了自己教學方便，起心動念重新翻譯《玩偶之家》，斷斷續續歷時將近三年。不過，我對該劇本的中文翻譯研究則可追溯到2007年在美國修讀博士課程時，有一個學期修了「易卜生和史特林堡」的研究專題，內容涵蓋兩位現代戲劇大師的所有戲劇作品。當時以廣博劇場學問著稱的授課老師Laurence Senelick在學期初就表明期末論文不接受文學性的文本分析，因為文學暨語言系所已經做很多了，他希望我們從劇場的層面來挖掘、思考可以研究的題目。我在學期中陸續提出兩個可能的主題，卻都被教授打回票，後來他不經意提到我那學期也同時修習所上第一次開設的「文化傳播：劇本翻譯」課程，想想看是否可以運用？經此一指點，我後來結合劇本翻譯的理論、劇本作為演出藍圖、以及易卜生的語言特色三大面向，來分析、

1 Julie Holledge et al., *A Global Doll's House: Ibsen and Distant Visions* (London: Palgrave, 2016) , p.1.

2 同前註，詳見第三章。

比較當時臺灣三家出版社的《玩偶之家》中文譯本，某種程度也還是回到文本分析。沒想到，我的期末論文獲得一向要求嚴苛的Senelick教授的肯定，並鼓勵我修改後可投稿與翻譯相關的學術期刊，我也因此得以在畢業前發表了第一篇A&HCI期刊論文。

奠基在上述的基礎下，此次為了翻譯《玩偶之家》，我重新蒐集新出版的英譯本與相關研究論文資料，以便更深入理解文本，畢竟所有的翻譯文本都已經是透過譯者詮釋視角的再現。我逐字熟讀的美式英文譯本共三本，強烈感受到文意或許沒有很大差異，但是語感卻很不同。透過從頭到尾逐句與原作的字面直譯比較，我選擇主要參考的兩本英譯本較符合其精煉特質和節奏，並能保留原作的隱喻與潛臺詞。這兩本為1978年Rolf Fjelde（1926-2002）的譯本，以及2016年Deborah Dawkin與Erik Skuggevik合譯的譯本，[3]均由企鵝出版社出版，同時佐以美國比較文學系教授Otto Reinert（1923-2013）的譯本為輔。[4]Fjelde為「美國易卜生學會」（Ibsen Society of America）創辦人，其譯本曾被美國極具影響力的劇場導演和戲劇評論者Harold Clurman（1901-1980）認為是「最忠於原著和優秀的劇場演出本」；[5]專研易卜生與莎士比亞的美國學者Thomas Van Laan（1931-2017）於1985年撰文比較六本《玩偶之家》英譯本，亦認為Fjelde的譯本是最好的，因為維持了原作的要旨，捕捉到它的語調；[6]此英

---

3 Rolf Fjelde trans, *A Doll House* in *Ibsen: the Complete Major Prose Plays* (New York: Penguin, 1978), pp.119-196. Deborah Dawkin & Erik Skuggevik, trans. *A Doll's House* in *A Doll's House and Other Plays* (New York: Penguin, 2016), pp.104-187.

4 Otto Reinert trans, *A Doll's House* in *Types of Drama: Plays and Essays*, eds by Sylvan Barnet, Morton Berman, & William Burto (Boston:Scott, Foresman and Company, 1989), pp.17-51.

5 https://www.nytimes.com/2002/09/13/theater/rolf-fjelde-76-a-translator-and-champion-of-ibsen-plays.html，讀取日期2020年4月6日。

6 Thomas Van Laan針對當時英文讀者最容易遇到的版本（尤其是出現在選集或是不昂貴的紙本合集）做評論。不過，因譯本會過時，最早期的譯本他僅選擇William Archer的譯本做代表，而未納入R. Farquharson Sharp出版於1910年的譯本。他審視的六本英

譯本亦是筆者博士班時採用的版本。邁入二十一世紀，易卜生的作品終於又有了重要的新譯本，最晚近的英譯本由曾是專業演員和導演的Dawkin與也有劇場相關工作經驗的Skuggevik共同翻譯。這兩位經驗豐富的翻譯工作者，長久以來一起合作從事挪威文和英文文學作品的翻譯，合譯的易卜生劇作選集引起廣大的注意。兩人自述翻譯時，尤其注意到易卜生劇作中重複語彙的劇場性、隱藏在日常生活用語的意象、語言的精準與細節（讓人物某些較奇怪的特質可以清晰顯現），並透過比較易卜生所有劇作的電子版本與他同時期作家的小說或非小說作品，量化出某些詞語的頻率，更能精準判斷易卜生是否創新使用某些語彙。他們也提到與先前譯本相較，希望更忠於原作的語體和用字。[7]就《玩偶之家》而言，我確實發現他們透過挖掘、保留以往被譯者消除或是忽略的用語，可以帶給讀者對人物新的詮釋觀點與更細膩的易卜生。除了參考兩本主要的英譯本，更重要的是拜現代科技之賜，我得以在翻譯過程中，從頭到尾對照丹麥挪威文原著與其英文字面直譯，[8]面對重要或棘手的關鍵詞則能夠詳細參閱字典。原文幫助我捕捉人物語句的結構和語感，並辨識出關鍵人物的語言特色，這將在〈《玩偶之家》的語言特色〉一文中討論。

譯本的主要缺失摘要如下，舉例則請參考該文：William Archer，消除了原作的語言節奏感，譯文顯得過時、僵硬笨拙，「今日只有為了要省錢的出版社才會選這個譯本重印」；Eva Le Gallienne，譯本中最糟的，錯誤最多而且刪掉兩大關鍵處（這有可能是因為此譯本是真實演出版本）；James Walter McFarlane，有時以陳腔濫調取代易卜生重複使用充滿意象的隱喻；Michael Meyer，太鬆散地對待來源文本，且對語言風格不夠敏感，如人物夾雜使用法文；Otto Reinert，有時語句不當地夾雜過於現代的俚語，卻又傾向刪掉諾拉的語助詞（我亦發現此點）；Rolf Fjelde，偶爾有幾處微小的刪減。Thomas Van Laan, "English Translations of A Doll House" in *Approaches to Teaching Ibsen's A Doll House*, ed. Yvonne Shafer (New York: The Modern Language Association of America, 1985), pp. 6-16.

[7] 以上請參考Deborah Dawkin & Erik Skuggevik, pp. xlix-1.

[8] 我參考的原著取自奧斯陸大學網頁。https://www.ibsen.uio.no/DRVIT_Du%7CDuht.pdf，讀取日期2020年4月6日。也可參考致力於保存斯勘地那維亞文學的網站http://runeberg.org/dukkhjem/，讀取日期2020年4月6日。

著名翻譯理論家Lawrence Venuti（1953-）曾言翻譯是個複雜的做決定的過程，「翻譯策略是如何選擇與安排能指的理論」。[9]左右譯者做選擇的因素包括譯者的專業訓練、當時的文學規範等牽涉到兩種不同語言的文本內因素，以及牽涉到社會、文化、經濟、意識形態等文本外的因素。我自己在翻譯——做決定的過程，遵守兩大原則。其一，忠於原作的用語，不擅自衍生語言意象或增譯，盡可能保持原作的精煉風格與建立語言節奏。其二，回到「劇本作為演出藍本」的概念，希望這個翻譯或能如美國著名劇場評論者Eric Bentley所言：「為了舞臺，譯者必須翻譯能夠通過腳燈（pass the footlight）的語言，必須創作……劇場的詩。譯者必須有戲劇的感知。」[10]譯者具戲劇感知對翻譯精通劇場實務的易卜生之作品尤其重要。易卜生自1851年在卑爾根的挪威劇院（Det norske Theatre）待六年，先是擔任駐院作家、製作人（後為劇院經理），實際上得分擔劇場指導工作，負責場景、服裝、燈光音效、製作管理等不同的工作，對易卜生劇作家的養成有深厚的影響，反映在《玩偶之家》的是劇作中鑲嵌的場景調度、仔細的舞臺指示、節奏，以及人物語言的物質性與意象隱喻等。因此，我在用字遣詞時，大多希望盡量從劇場演出或演員的角度來衡量斟酌，但少數語彙的翻譯，為了忠於原作用字的脈絡，我可能選擇犧牲舞臺的立即可讀性，演出時導演和演員可以透過舞臺動作多加著墨或些微修正用詞。這個譯本雖與《玩偶之家》的其他中譯本，或大多數臺灣中譯的世界經典劇作如：古希臘悲劇、俄國契科夫、義大利達利歐・佛、皮蘭德婁等人的劇本一樣，本質上仍屬翻譯的翻譯。但是透過對照原文此駑鈍費時

---

9 Lawrence Venuti, “The Translator’s Invisibility,” *Criticism: A Quarterly for Literature and the Arts* vol. xxvilll, no.2(Spring 1986):179-212, p.182, 189.

10 Eric Bentley, “How Free is Too Free,” *American Theatre* (November, 1985):10-13, p.10.

的方法，相信可以彌補些不足。在有精通十九世紀丹麥挪威文與中文兩種語言的譯者投入翻譯前，希望此譯本或許暫時可以滿足讀者閱讀所需。

最後，這個譯本得以順利完成，必須感謝許多人的幫助。翻譯過程中，「斜槓青年創作體」劇團成員，以及臺南大學戲劇創作與應用學系大三學生羅姿雅、吳品源、黃郁晴、張皓婷、黃郁涵、李治緯、王令宸於不同階段分別幫忙進行兩次讀劇，給予最直接的回饋；臺大研究生陳明緯與南大研究生鄭硯方在繁忙課業中，仍盡心地協助仔細校對；還有美國與挪威研究易卜生的專家學者Laurence Senelick、Toril Moi與Tore Rem，在電子郵件中回答我對《玩偶之家》文本的提問，不吝分享他們的看法。更重要的是，這幾年來，我能夠安心地投入幾乎所有學校外的時間進行研究，沒有我先生Wells Hansen毫不保留的支持是不可能的。在埋首書寫的日常，他傾聽我的構想，讚歎我的努力，除了叮嚀多休息，更認為我值得最好的一切來獎勵自己。另一方面，也總是充滿興味地與我一起冒險，造訪許多歐美劇作家、導演、劇場博物館，趣味橫生的易卜生故居導覽是我們在奧斯陸最難忘的回憶。因而，此書除了獻給每位能勇敢追問、起而行動的當代「諾拉」，也獻給我生命中的靈魂伴侶。

目　錄

《玩偶之家》的語言特色

易卜生於十九世紀中葉起開始創作，使用的書寫語言為丹麥挪威文（dansk-norsk），衍化成為今天多數挪威人使用的挪威文Bokmål，到現在也不過只有大約五百多萬人以其為母語。可以想見的，易卜生在世時即已成為世界級的作家，其劇作在當時以及爾後綿延的生命主要仰賴譯本，所以譯者扮演關鍵的中介角色。在臺灣，易卜生劇作的讀者大多來自學院英語系和戲劇系，前者的戲劇課程往往使用英文戲劇選集，若老師沒有提醒，可能被誤認為原作，尤其是幾個英式英文版本的人物還使用英國錢幣。同樣地，閱讀中文譯本的讀者也可能忽略它是翻譯的翻譯（relay translation），中譯本往往參酌數個英譯本作為來源文本翻譯而成。然而，意識到閱讀的文本是個「翻譯劇本」——被譯者協商介入過的文本——是重要的，讀者才能避免將此文本視為透明、理所當然的，進而可能察覺其他詮釋的可能性，畢竟有些東西無可避免地在翻譯中喪失了。我希望透過兩篇短文討論《玩偶之家》的語言特色和幾處關鍵翻譯問題，幫助讀者捕捉易卜生使用語言的細膩之處，當然在某種程度上，也可補足我無法貼切反映在譯文的部分。

一、《玩偶之家》使用的語言：丹麥挪威文

挪威從十六世紀中到1814年，受到丹麥的統治，約有四百年的時間與丹麥共組「丹麥挪威王國」，丹麥語逐漸成為雙方的書面語言，以及官方和正式場合的口說語言，此種書寫語言在丹麥

被稱為丹麥語，在挪威被稱為挪威語。到了聯合王國後期，從丹麥語官方語言逐漸發展為丹麥挪威語（英文為Dano-Norwegian）——亦即涵納挪威地方語彙的丹麥語。此「有教養的日常語言」為挪威的城市菁英階級所使用，也是易卜生書寫與劇作中多數人物所使用的語言，而挪威其他鄉下地區口語上則使用地方方言。1814年，挪威脫離丹麥的統治，隨著高漲的國族意識，挪威人認為此種語言為丹麥的語言，興起一股語言改革運動，希望發展出能夠符合挪威口說方言和民族認同的純挪威書寫語言。此運動在易卜生在世時即已展開，不過大規模的改變在他過世後才發生（約於1907-38年），並且在最後產生兩種書寫系統。[1]當時對於語言的改革有兩派不同意見。溫和派認為只要在原本的文字中，改變一些字的拼法使其挪威化，並增加更多挪威在地的文字語彙即可，這個語言後來成為「Bokmål」（字面意義為書面挪威語，相對接近丹麥語），今日約有近九成的挪威人使用「Bokmål」為書寫語言。另一派則主張純粹屬於挪威的語言，尤其是為了反抗先前丹麥的統治。此派語言學家在挪威西部峽灣地區尋找挪威語的根源，將這些保留古挪威語特色的各式方言組成新的書寫語言，今天稱為「Nynorsk」（字面意義為新挪威語）。「Bokmål」和「Nynorsk」均是被官方認可的書寫語言，但在口語上，挪威人都是使用一種接近此兩種書寫語言的方言。

當時易卜生主張語言漸進的挪威化，他在克里斯欽尼亞（Christiania，今天的奧斯陸）挪威劇院擔任藝術總監時，非常贊同劇院語言顧問Knud Knudsen的看法，認為語言的改變應該是演

---

1 此段關於挪威語言的形成發展，綜合參考自Egil Törnqvist, "Translating '*Et Dukkehjem*'" in *Ibsen: A Doll's House* (New York: Cambridge University Press, 1995), p.50; Einar Haugen, "The Nuances of Norwegian" in *Ibsen's Drama: Author to Audience* (Minneapolis: University of Minnesota, 1979), pp. 99-101; https://www.skapago.eu/en/bokmal-nynorsk/，讀取日期2020年4月6日。

化，而非革命。因此易卜生創作劇本的一部分挑戰即在於：如何在丹麥文的拼字和文法架構下，創造挪威中產階級的語言效果，寫出可信的對話。而這也形成易卜生劇作語言的獨特新鮮之處：納入挪威地方語言，甚至創新的語彙，以表達特殊的意涵。美國語言學家Einar Haugen（1906-1994）指出，雖然易卜生的書信和文章風格傾向使用較正式的丹麥文為主，他的劇本則使用更多的挪威文。正式語言往往只見於人物的公開演講，或為掉書袋和傲慢自負的角色所使用，例如易卜生喜歡藉著使用花俏的修辭風格來諷刺政客和官員的傲慢。[2]對譯者而言，任何夾雜不同程度方言的文本往往是個很大的挑戰，更何況《玩偶之家》的譯者必須懂十九世紀丹麥挪威文，才有辦法辨識原作的方言及其使用時機等來推敲隱藏的意涵。目前中譯本都是以英文譯本再翻譯，恐怕我們暫時只能認識打折的易卜生作品。我則透過廣泛閱讀研究論文，對照易卜生原作與英文字面直譯全文，嘗試歸納出幾點《玩偶之家》的語言特色和翻譯問題，或可幫助讀者多少捕捉易卜生的語言風格。

二、《玩偶之家》語言主要特色：精煉與節奏，以及充滿暗示性的日常語言

易卜生曾在1883年5月一封寫給女演員Lucie Wolf的信件中提到，他過去七、八年來，專門在練習一種更困難的寫作技巧，就是「用樸實、真正的寫實語言來寫作」。[3]先前研究者亦不約而同地指出易卜生劇作的語言風格為口語、日常，就像是「自然、

[2] 參考Einar Haugen, p.101.

[3] 原文'at digte i jævnt standfærdigt virkelighedssprog'，轉引自Kristian Smidt, "Ideolectic Characterisation in *A Doll's House*," *Scandinavia* vol.41, no.2 (November, 2002):191-206 (London: University of Anglia), p.192.

聊天的講話方式」，[4]Inga-Stina Ewbank則強調易卜生使用「最普遍、日常的語彙，並以暗示填滿這平淡的風格。」[5]因此譯者的挑戰在於如何「傳達同樣的強度與暗示性，……卻沒有失去語言的口語日常性。」[6]就《玩偶之家》而言，它的暗示性顯示在人物鮮少將話語直白說出，而是充滿潛臺詞，包括舞臺指示。此外，易卜生也刻意用重複的字眼，來暗示未來將發生的事，並以此突顯相關主題。譯者必須要抑制加油添醋的衝動，或是因為怕觀眾不懂，將一切說得直白，弄得索然無味。同時，更要注意重複的字眼必須用同樣的字翻譯，不要視其為單調而變換語彙。

然而，這個企圖創造口語、寫實的語言可能引起誤解，以為易卜生作品的語言是平淡的。事實上，易卜生在丹麥挪威文的框架下，作品常使用挪威特色的語彙，反映當時挪威中產階級的都市語言。更重要的是，他常使用自創語彙（《玩偶之家》劇名即是一例）與新詞，並且非常自覺、細膩地安排語句與結構，看似簡單的對白不僅隱含上述所言的暗示指涉，更充滿新意與詩意。挪威學者Tore Rem甚至認為易卜生「重新發明他國家的語言；挪威語（還有丹麥語）在他之後再也不一樣了。」[7]也因此，他認為譯作要傳達易卜生作品的這種「新鮮感、奇特性與詩意特質」幾乎是不可能的；易卜生的文體是細膩、複雜與自覺的，在英文譯本中往往被消除與扁平化了。我想他的論點尤其適用於新詞與自創語彙，以及某些乍看之下奇怪的比喻用詞。對這些語詞，英譯本往往有數種譯法，卻都傾向將之熟悉化，而中譯本則再依據英譯本更進一步馴服它。在這過程中，易卜生刻意創造使用新詞

4 同前註，p.193。

5 轉引自Toril Moi, *Henrik Ibsen and the Birth of Modernism: Art, Theatre, Philosophy* (Oxford University Press, 2005), p. 329.

6 同前註。

7 Tore Rem, "Introduction" in *A Doll's House and Other Plays*, Deborah Dawkin & Erik Skuggevik, trans. (New York: Penguin, 2016), p. xiv.

的用意就被消除。原作文字的奇特往往是因為人物延伸前面使用的隱喻，其實只要細究前後文，即可發現這些乍看下奇特的語詞，不僅合理而且前後呼應。[8]

其次，《玩偶之家》語言的另一大特色是精煉。譯者Eva Le Gallienne描繪易卜生典型的寫作風格具有「維京船的簡樸、乾淨、豪不妥協的美感」。[9]此外，透過審視原文，我發現易卜生更以精簡的語彙和句構為基礎，透過語句的堆疊或是人物應答的平行對比，使文本充滿節奏感。難怪Thomas Van Laan評論六本英譯本時，最常觀察的要點就是是否具有節奏和語言簡約。有趣的是，Le Gallienne顯然明瞭易卜生的特色風格，她的譯本卻被Van Laan批評為「不僅欠缺精準——內容、情感與節奏的——也失去易卜生的精煉（economy）」。[10]針對此部分，我在此不特別舉例討論，因為在這篇和下一篇有關重要翻譯問題的舉例中，有不少引用原文，讀者應該可以感受到這個特色。以下則針對幾點語言的日常性特質討論。

（一）喔！關於諾拉的感嘆詞：心理轉折、自我說服、口頭禪

讀者若翻閱《玩偶之家》原作，很容易發現諾拉的語言特色，就是句首頻繁使用感嘆詞「å」；以及她肯定回答問題說：「是」（「ja」，如英文的yes）常常連續使用兩、三次「ja, ja, ja」；並常將「å」和「ja」合在一起用，形成感嘆詞。根據

8 除了上述兩種情形，《玩偶之家》的男性角色說話喜歡用具象的隱喻，譯者也得克制將其明白轉譯成形容詞。這是很微小的地方，但是影響了語言是否生動或產生畫面。如原文直譯，克洛斯塔對諾拉說：「現在妳丈夫卻想要把我踹下來，讓我再*掉回到爛泥巴裡*。」淡江版：「如今你的丈夫要把我踢下來，使我再度*身敗名裂*」（89）。

9 Eva Le Gallienne, "Introduction" in *Eight Plays by Henry Ibsen* (New York: Random House, 1982), p. vxi.

10 Thomas Van Laan, p, 12.

Kristian Smidt統計，諾拉在句子開頭共使用了82次的「å」，[11]這感嘆詞和英文的「oh」類似。我視情況翻譯成「喔、噢、啊、嗯」等，少數換成句尾助詞，但也沒有將之全部翻譯出來，畢竟在中文的語境中，句首過多的「喔」顯得非常奇怪。這個嘆詞反映諾拉心理的無數轉折與情緒變化，如指責、後悔、喜悅、擔憂、害怕、頓悟、請求、悲傷等等。演員亟需分析文本情境加以揣摩，以不同的聲調來說出同一個嘆詞。不僅如此，諾拉即使不是回答問題，也常在語句中將這個嘆詞與「ja」連用，形成「å, ja, ja,」，此時諾拉呈現自我肯定、確認的強調狀態，類似的用法還有語氣更強烈的「å, jo」。

「jo」和「ja」都是肯定回答對方問題的「是」，區別在於前者回答否定的問句，後者回答肯定的問句。在《玩偶之家》，「jo」比起「ja」在更多不同的狀態下被使用，呈現說話者細膩的心理差異。Smidt計算諾拉使用71次的「jo」，該字是用來「證實、確認，或提醒某種無可爭議的事實……它可以指『我們都知道』『你必須明白』『記得』『當然』『不是這樣嗎』『就是這樣』『親愛的，抱歉』『多奇怪』『聽好』，甚至只是個『喔』。這個字在每種情況下的語意完全仰賴對話脈絡與情境，無法固定一個精準的訊息。」[12]「jo」在英文和中文都沒有相對應的單詞。因而71次的「jo」在William Archer的英譯本中只有12次有某種明顯相對應的翻譯，James McFarlane有15次，Michael Mayer有6次。我通常將之翻譯為「當然」，在語句中比較自然，此外我也選擇不全部翻譯，因為在沒有單音節的對應字之下，過多的翻譯會使語句太過冗長。Smidt認為沒有譯出「jo」，許多隱藏的意涵或是語句的暗示性就消失了，尤其是諾

[11] Kristian Smidt, pp.196-198. 我計算則是約126次。

[12] Kristian Smidt, p. 199.

拉迫切需要消除疑慮、讓自己安心，以及需要使她說的話成為一個被認可的事實的心理狀態。換句話說，諾拉使用「jo」，是她在不透露太多內容的情況下，向他人證明自己行為的正當性，同時也是自我說服一切事情都還好的方法。Smidt建議有時候語句加個「當然」或問號就可以，有時則必須仰賴演員語調的區分，如此一來這些暗示才不會在譯文中顯得過度明顯。[13]

（二）不是詞窮！人物重複使用的幾個語詞：pyntet, veilede, vidunderlig等

幾位研究易卜生的學者和翻譯者均指出易卜生劇作的人物有重複使用某些語詞的特色。[14]重複的語彙有兩種可能性，因而需要不同的翻譯策略。一方面，作家可能刻意使用重複的語詞，吸引讀者注意具體事物和人物生活中隱藏的抽象意義的關聯，或是反映人物的熱情與偏執。換句話說，重複的字可能有象徵意義或是劇作家想突顯的相關主題，有時則是人物刻劃的方式。在此情況下，譯者必須維持使用重複的字眼，否則作者的苦心就白費了。然而，Ewbank也指出「丹麥挪威文的字彙很小、來源單一。相同的字必須用在很多方面，因此審視該字如何在前後文中被修正使用尤其重要。」[15]少數人因此認為丹麥挪威語的貧乏迫使易卜生的人物經常使用重複的字眼，那麼依前後文翻譯成不同的文字可能是必要的。

《玩偶之家》中，有幾個語詞因為與主題的關聯，而被多數學者認為是刻意重複的語彙，我在翻譯中也盡量維持一致性，

---

13 同前註。

14 Deborah Dawkin and Erik Skuggevik, p.li; Egil Törnqvist, pp.55-56; May-Brit Akerholt, "'I had not better return with you to the croft then, Nils, had I?': The Text, The Whole Text, And Nothing But the Text in Translation," in *About Performance*, no. 1(1993): 1-13, p.3.

15 Inga-Stina Ewbank, "Translating Ibsen for the Contemporary English Stage," *Theatre Research International* vol. 2, no.1 (October, 1976):44-53, p. 48.

不予以更動。其中，最重要的重複字眼為諾拉一再使用的形容詞「vidunderlig」，可以翻譯成「美妙」、「美好」，接近英文的「wonderful」，若與名詞「det vidunderlige」合計，共達十多次，劇末還有一次使用形容詞最高級「det vidunderligste」，後兩者的翻譯因牽涉到情節懸疑性與譯者對人物的詮釋，而呈現幾種不同的譯法。在第一場，諾拉與托瓦德的對話，以及之後與林德太太的對話數次使用形容詞「vidunderlig」此日常語彙，表達不需要再擔心金錢用度的快樂；名詞「det vidunderlige」的翻譯則較為麻煩，目前幾個中文版本分別翻譯為「奇事、驚人的事、奇蹟」，[16]我則譯為「神奇的事」。在丹麥挪威語中，這個字的語氣比「美妙」強，又比「奇蹟」弱，若翻譯為「奇事」和「驚人的事」也有可能指不好的事情，而非人物相信或渴求希望發生的事，因而我翻譯為「神奇的事」。這件「神奇的事」到底會不會發生？它讓諾拉既期待又害怕，等待多年的答案終將揭曉，她深信當托瓦德知道她為了讓他能恢復健康而祕密借貸後，托瓦德將會扛起一切責任，犧牲自己的名譽來保護她，矛盾的是，愛托瓦德至深的她是絕不允許這樣的情況發生，屆時唯有選擇自殺。這件「神奇的事」牽引諾拉的情感，也牽引觀眾。到了第三幕接近劇末，諾拉離去前和托瓦德最後的談話，她使用最高級「det vidunderligste」，此時意義已經改變，這個關鍵字變成與主題有關，指的是：當他們兩個人都可以改變，他們共同生活在一起才會成為（真正的）婚姻。要如何翻譯前面的名詞與此形容詞最高級，取決於譯者認為諾拉到底多相信這件事情會發生。如果偏向肯定，使用「神奇的事」會比「奇蹟」來的好，畢竟奇蹟發生的機率總是較為渺茫的。依此邏輯，我認為前面的名詞應該都翻成

[16] 分別為潘家洵、劉森堯、呂健忠和許邏灣。英文則有"the wonderful thing," "the miracle," or "something miraculous."

「神奇的事」比較適合，因為諾拉的覺醒來自於她如此深信神奇的事一定會發生，結果卻是令她難以相信，不僅產生巨大的幻滅，也讓她看清了托瓦德以及兩人真正的關係。

另外一個諾拉和托瓦德重複使用的字「教導、指導」（veilede），則突顯當時丈夫做為妻子人生導師的角色定位，妻子並未被視為獨立、平等的個體。接近第二幕劇末，諾拉為了阻止托瓦德打開信箱，急切地顯示她必須要托瓦德陪她一起練習塔朗泰拉舞。在練習塔朗泰拉舞時，兩人數次使用「教導、指導」（veilede）。如諾拉說：「噢，托瓦德，坐下來為我彈奏。就像平常那樣教導我（…*veiled* meg som du pleier）。」之後，藍克醫生主動表明可以代為彈鋼琴伴奏，托瓦德回答：「好，你來。這樣我比較方便教她（Ja gjør det; så kan jeg bedre *veilede* henne）。」托瓦德看到諾拉跳得如此猛烈狂野，不禁說：「嗯，妳的確需要好好指導（Nå, her må riktignok *veiledning* til.）。」諾拉回答：「你必須要教我教到最後一刻（… Du må *veilede* meg like til det siste…）。」在這一場，譯者必須使用同樣的語彙以傳達「教導、指導」，尤其是托瓦德對待諾拉如同小孩，看管她的品味、飲食，也反映在托瓦德的用語，劇中他總共使用27次「小」（lille）來形容諾拉。[17]

其他具有暗示和平行類比作用的重複用詞，包括「裝飾」（pyntet）和「陌生人」（fremmed）。一開場，諾拉要求海倫將聖誕樹藏好，直到「裝飾」（pyntet）好了才可以給家人看。在第三幕，林德太太與克洛斯塔見面談話後，等待諾拉從舞會回來好向她報告結果。此時，托瓦德非常驚訝林德太太這麼晚了還來訪，林德太太回答道，她是特別來看諾拉「裝扮」（pyntet）

[17] Deborah Dawkin and Erik Skuggevik, p.li.

好的樣子，但她到的時候，他們夫妻已經上樓參加舞會了。如Törnqvist指出，聖誕樹和諾拉的平行類比透過此同樣字眼使用被細膩揭露。[18]亦如紀蔚然認為隱藏聖誕樹與裝飾聖誕樹的「隱藏」和「裝飾」明白點出諾拉和海爾默的夫妻關係，要等諾拉於第三幕最後脫掉化裝舞會的戲服，方以真面目面對海爾默。[19]另一個貫穿全劇、被使用約八次的「陌生人」（fremmed），預告了誰是諾拉生命真正的陌生人。第一幕，諾拉因為托瓦德升遷加薪，認為這個聖誕節可以稍微揮霍些，也可以先借錢。托瓦德聽了回答道，萬一他發生意外走了，那怎麼辦？諾拉覺得那有沒有還錢都無所謂了，托瓦德反問：「但那些借錢給我們的人呢？」諾拉回答：「他們？誰管他們了！不過是陌生人。」這是第一次提到陌生人，諾拉並不關心在乎他們。接著不久，克洛斯塔來訪，諾拉向孩子們保證，這個陌生人不會傷害她，要他們進去房間。後來孩子們也等到確認陌生人離開之後，才走出房間門。接著，第二幕一開始，諾拉因為先前聽了托瓦德的觀點：「幾乎每個年紀輕輕就墮落的人，都有個說謊成性的母親」，她開始不安，不敢和小孩常相處在一起，甚至有了結束生命的念頭。她問她的保母：「聽著，安瑪莉，告訴我——我常想不通：妳怎麼忍心把自己的小孩交給陌生人？」到了第三幕最後諾拉和托瓦德攤牌，她意識到「原來這八年來我一直跟一個陌生人住在這裡，還生了三個孩子」，這讓她無法忍受，想到就想將自己撕成碎片。面對托瓦德釋出的善意，諾拉決絕地回應，她無法在陌生人家過夜，也不接受陌生人的東西。枕邊人竟然才是真正的陌生人，對諾拉是何等震撼衝擊！也因為有前面場景的重複指涉與鋪陳，更

---

[18] Egil Törnqvist, p.55.

[19] 紀蔚然，〈敘述之驅魔儀式：《娃娃之家》的形構過程〉，《現代戲劇敘事觀：建構與解構》（臺北：書林，2006），頁37。

顯示出劇末的反諷。

除了突顯主題相關意涵、象徵或暗示的重複字眼，諾拉也喜歡重複用對比的語彙。例如「美妙的」形容詞（vidunderlig）使用了19次，對照用了14次的「可怕的」（forfærdelig）。[20]此外，諾拉和海爾默兩人還喜歡使用另一組對比字眼「漂亮」（smukt）與「醜陋」（stygt），前者被使用12次來描繪諾拉的外貌、衣服、屋子、聖誕樹等；後者被使用16次來描繪不愉快的交談、壞天氣、小報、蛀牙等任何會危及此完美的家庭或是托瓦德對諾拉的愛。[21]而這組用語不僅反映托瓦德所代表的主流價值觀，Toril Moi更認為易卜生透過托瓦德這位自私與自我中心的美學主義者，對當時結合基督教與理想主義的美學觀提出批評，[22]暗示著主張描繪人類理想情況的保守美學卻無法面對、處理生活的醜陋現實。此一觀點幫助我們釐清，或者說使我們理解托瓦德在今天看來有點奇怪的比喻或是用語，如開場沒多久他對諾拉告誡，一個家若有貸款或負債，不僅某種自由，因而某種「美」也隨之消失；第一場後面他對諾拉解釋說謊欺騙的父母對小孩的危害，因為小孩吸的每口氣，都充滿「醜陋」的病菌。可以理解地，托瓦德身邊親近的人對其性格知曉甚深，因而相當自覺，加上浸潤在托瓦德對美或醜陋的語言與概念中，亦會使用此用語。因此，諾拉想當著托瓦德的面說句輕微詛咒的話「該死」卻不敢，原因是「太醜陋」，而非一般中譯「太令人震驚」；諾拉有意識地要林德太太在托瓦德看到前趕緊收起打毛線的材料，因為托瓦德厭惡看到醜陋的打毛線姿勢，而喜歡優雅的刺繡；好友藍克醫生會將自己將死的訊息告知諾拉，而非厭惡、無法承受醜陋

---

20 Deborah Dawkin and Erik Skuggevik, p.li.

21 同前註。

22 Toril Moi, "First and Foremost a Human Being": Idealism, Theatre, and Gender in A Doll's House." *Modern Drama*, vol.49, no.3 (Fall 2006): 256-284, pp. 259-261.

事物的托瓦德。更重要的是，我們可以明白托瓦德對於藍克醫生將死的奇怪回應，他像個畫家般說：「他的痛苦和寂寞，讓他好像成為烏雲般的背景，映襯我們充滿陽光的幸福生活——。」此處托瓦德的回應純粹是美學的、自我中心的，無法觸及他人的苦痛。美（或漂亮）與相對的概念醜陋形成一股譬喻的暗流貫穿全劇，我的翻譯也盡量忠於原作用語，即使乍聽之下有些奇怪。

（三）諾拉的自言自語

《玩偶之家》雖是寫實主義的劇本，但劇本中多處使用古典戲劇常見的「自言自語」（soliloquy）手法，亦即人物獨自在場上時，將內心的想法說出來，尤其是諾拉長短不一的自言自語，次數繁多。一篇最近的論文統計劇中人物使用獨白（monologue）的次數（該文極寬鬆地定義獨白，若精準地說，例子大多為自言自語）為林德太太兩次、托瓦德兩次，諾拉十五次。[23]特別的是，《玩偶之家》三幕幾乎大都以自言自語開場和結尾。第一幕若撇開諾拉付錢給搬運工的短暫動作，她接下來一連串的動作，包括偷吃蛋白杏仁餅，躡手躡腳地走到她丈夫的書房門外聽取動靜，並自言自語說道：「啊沒錯，他在家。」後續輕鬆地哼著歌。諾拉在全劇十多次自言自語，只有這個自言自語是輕鬆的，讓觀眾看到不扮演、真正的諾拉。之後，諾拉的自言自語全在回應因克洛斯塔而起的威脅，氛圍已經開始轉變，第一幕結尾諾拉獨自在舞臺上說道：「傷害我的孩子——！毒害我的

[23] 先前學者研究該劇獨白（monologue），由於定義不一，算出不同的數目，如John Northham指出有7次，Egil Törnqvist有16處，R. Arntzen和G. Bjørnstad他們則認為有19處之多，後者採最廣的定義，包括獨白（monologue，一個人物對另一位人物說很長的話），自言自語（soliloquy ，人物單獨在場上，說出內心的話），與旁白（aside，人物對觀眾訴說），此統計數目參見，Ragnar Arntzen & Gunhild Braenne Bjørnstad, “The Lark's Lonely Twittering: An Analysis of the Monologues in *A Doll's House*,” *Ibsen Studies* vol.19, no.2 (2019): 88-121.

家？（短暫停頓，然後揚起頭）這不是真的。永遠不可能是真的。」第二幕開場則見諾拉不安地在房間移動，害怕克洛斯塔真的會在聖誕節來投信，托瓦德就會知道真相。此段自言自語已經開始充滿未完成的語句，顯示內心的擔憂、猜測，如此反覆堆疊到第二幕末共計六次，最後是諾拉看著手錶、計算著還有多少小時的自言自語，讀者知道她下定決心要自殺。

第三幕是以林德太太等待克洛斯塔的自言自語開場，爾後諾拉的自言自語只有一次，卻是語句最為破碎的，不僅傳達紛亂的思緒，並讓讀者深入諾拉內心，感受到其恐懼決絕的心情。當時情境為諾拉和托瓦德送走在舞會後來訪的藍克醫生，托瓦德從信箱拿了信件和畫了十字架的藍克醫生名片，兩人談論名片的訊息，諾拉聽了托瓦德激情的告白，委婉拒絕對方的求歡，反而下定決心要他去看信。托瓦德走進書房讀信，諾拉慌亂匆忙地拿起斗篷準備外出，一邊緊張地自言自語。原文為：

> Aldrig se ham mere. Aldrig. Aldrig. Aldrig. (*kaster sit schavl over hovedet*) Aldrig se børnene mere heller. Ikke dem heller. Aldrig; aldrig. – Å, det iskolde sorte vand. Å, det bundløse –; dette –. Å, når det bare var over. – Nu har han det; nu læser han det. Å nej, nej; ikke endnu. Torvald, farvel du og børnene –（82）

諾拉在此使用了七次的「絕不」或「永不」（Aldrig）（我翻譯成永遠），以及好幾個感嘆詞。她內心的思緒從再也見不到小孩，轉換到冰冷的河水，再到想像托瓦德正在讀那封信，她採取行動了，準備走出家門，永別所愛之人，投河自盡，避免托瓦德為她犧牲。然而，諾拉晚了一步，並沒有出走成功，她焦慮害怕，結果卻出乎意料，托瓦德的回應讓她明白神奇的事並沒有發生。自此刻起，諾拉再也沒有臆測、擔憂地自言自語，而是脫下化裝舞會的衣服，坐下來與托瓦德開始對話，說出心裡的感受，並於最後為了不同的原因走出禁錮她的家門。

全劇從諾拉貫穿一、二幕的自言自語到第三幕達到最高強度之後，乃至諾拉與托瓦德終於首度真正對話，以及諾拉兩種不同目標的「離家」戲劇動作前後對照，皆是易卜生的刻意安排。這些自言自語對熟習不同媒介的讀者可能造成不同的感受。當時寫實主義戲劇開始發展，讀者可能覺得這種手法相當不寫實，甚至顯得有些笨拙。不過，當今天多數讀者更熟悉電影和電視劇充滿情感、自我揭露的剖白，或是宛如對觀眾訴說、充滿喜感的內心OS，新世代讀者可能不會覺得有任何問題。值得一提的是，《玩偶之家》最後以托瓦德在劇中唯一的自言自語結束，我覺得他最後的提問：「最神奇的事——？！」和爾後傳來諾拉的關門聲此著名舞臺指示同樣的重要。[24]諾拉離家走向未知，托瓦德的提問似乎暗示他和諾拉的未來關係未必是永遠分離，只要兩人肯改變。更重要的是，這個提問和「砰」的關門聲分別以語言和戲劇動作烙印觀眾的腦海，令人在落幕後繼續自我提問與思考。

三、結論

《玩偶之家》充滿暗示性的日常性語言源自易卜生刻意著墨下功夫，亦反映他在日常生活的敏銳觀察。他曾問一個到慕尼黑的訪客，「有沒有注意到交談中，女性通常以兩個或三個音節的字結束一句話，而男性則以單音節？」易卜生的劇作也可見到人物因性別不同而呈現用語的差異和偏好，女性角色像Hedda Gabler（同名劇作的主角）和Hilde Wangel（《海上夫人》

[24] 易卜生的第一次完整草稿（the first complete draft）和後來出版的印刷版有不少差異，其中之一為後者新增不少的舞臺動作和指示，包括這個震撼世界的「砰」關門聲。

裡的角色）都喜歡使用「可愛」（dejlig）這個字，並有偏愛的語言風格，[25]《玩偶之家》的諾拉也不例外。可惜的是，易卜生劇作中人物語言的各式細膩差異，在外文翻譯中恐怕很難全部捕捉。易卜生也明白他的作品透過翻譯後，總是要打些折扣的。他在寫給他的法國、瑞典譯者的信件或是交談中好幾次提到翻譯的問題，莫不一再強調每個劇作角色都須有特殊的語言表達方式。Ewbank更指出，「易卜生劇本的精髓（將之稱呼為結構、行動、主題或人物刻畫）與他的語言密切相關——實際上，根本就是在他的語言，他如何處理方言。因此任何譯作，若沒有至少嘗試提供某種原作的口語特質，那它能給我們的易卜生實則甚少。」[26]那我們要如何能盡量公平對待易卜生？我想就從意識到翻譯文本的中介性和其劇作的語言特色開始。下一篇討論常見的關鍵翻譯問題部分，也有不少舉例，讀者亦可從討論中進一步得知更多《玩偶之家》的語言特點。

[25] 以上參見 Einar Haugen, p.101.

[26] Inga-Stina Ewbank, “Henrik Ibsen: National Language and International Drama,” in Hemmer Bjorn ed., *Contemporary Approaches to Ibsen*. vol. IV (Oslo: Norwegian University Press, 1988), p.58.

再探《玩偶之家》文本：從幾個常見的關鍵中文翻譯問題出發

多數的歐美經典現代劇本在臺灣大都只有一種、最多兩種中文譯本，易卜生的《玩偶之家》在坊間卻至少有四種不同的譯本，顯示易卜生和該劇作的重要地位，以及不同譯者追求新的或認為更適當的詮釋翻譯。此版《玩偶之家》盡量忠於原文的語句意義來思考用字遣詞，同時反映我對此劇人物、情節、主題等的理解詮釋，希望提供讀者多一種參考選擇。當然，我也閱讀和參酌過先前的四本中譯本，它們提供我思考的養分。以下依出版時間順序對四本譯本稍作介紹（之後文章引用到各版本翻譯時，將以出版社稱之），接續正文主要討論幾個重要的翻譯問題，以及它們如何影響讀者對文本的理解詮釋。

一、臺灣四個中譯版本簡介[1]

臺灣坊間最早的翻譯版本為中國五四運動時期潘家洵先生所翻譯的《娜拉》，收錄在1921年由上海商務印書館首度發行的《易卜生集（上）》，爾後在臺灣由臺灣商務印書館於1966年重印初版，到了2001年8月已達第七版。易卜生劇作的漢譯始於十

[1] 依時間順序，潘家洵譯，《娜拉》收錄於《易卜生集（上）》（臺北：臺灣商務印書館股份有限公司，2001，7版：1-121）；劉森堯譯，《玩偶之家》（臺北：書林出版社，2001年，2006年）；呂健忠譯，《玩偶家族》收錄於《易卜生戲劇全集(二)家庭倫理篇》（臺北：左岸文化出版，2004年）；許邏灣譯《玩偶之家》（臺北：淡江大學出版，2014年）。書林版的兩個版本差異不大，除非特別說明，文中討論主要以2006版本為主。潘的翻譯版本亦有由光復書局出版的《易卜生戲劇選》。

九世紀末，到了1920年代五四運動期間尤其流行。1918年6月由胡適主編的《新青年》（4卷6號）「易卜生專號」，翻譯連載包括《娜拉》（由胡適和羅家倫合譯）在內的四個易卜生劇本，同期刊載胡適所寫的「易卜生主義」，影響了接下來數十年中國對於易卜生作品的接收，[2]同年10月首見由陳嘏所譯的全版《傀儡家庭》單行本出版。此時期中國最重要的易卜生劇作譯者潘家洵共翻譯約十八部，多年來數次被重新再印出版，甚至到2015年還見到中國人民文學出版社收錄七部出版為《潘家洵譯易卜生戲劇》。可以說，潘家洵就像是華文界的William Archer——最早翻譯易卜生系列作品為英文的英國重要譯者。其譯本《娜拉》翻譯大多清楚，不過，由於翻譯至今已經約一百年，人物的用語顯得過時外，整個譯本的語境和現今臺灣的用語差異甚大，例如不用說譯為「何消說得」（56）、刺繡為「挑花」（94）、化裝舞會為「古裝舞會」，其他如「不能接受生人的幫襯」（121），「你怎麼瘋到這步田地」（114）等等。因此我沒有選擇此譯文做為教材，就像英美在進入1960年代有了更適當的英文譯本後，William Archer的翻譯就被取代了。[3]

由臺灣學者翻譯的《玩偶之家》在二十一世紀陸續出版，均是由任教於英語系的老師們所翻譯，分別是劉森堯、呂健忠和許邏灣。前兩位譯者翻譯不少西洋劇本，喜歡閱讀西洋經典劇本的讀者對他們應該不陌生。劉森堯翻譯的《玩偶之家》由書林出版社於2001年12月發行，附錄收錄英文譯本（沒有說明譯者），此版在2006年絕版。同年9月，書林將原版本重新包裝為新的版本初版，但實際上應被視為再版，因兩版差異甚小，僅在排版上有

---

2 Kwok-kan Tam, *Ibsen in China: Reception and Influence* (Unpublished PhD dissertation, University of Illinois, 1984), pp. 177-179. 易卜生劇作在中國的翻譯引介情形，亦可參酌張中良，《五四時期的翻譯文學》（臺北：秀威出版，2005），pp. 175-215。

3 英國最常用的版本有很長一段時間是Michael Meyer的譯本，參考Egil Törnqvist, p.51。

些微更動，如刪掉原有標註「場景」或人物列表的英文名字等。兩版譯文經對照發現只有五處極細微修正，且僅有一處牽涉到語意變化；[4]附錄的英文劇本則改選由William Archer於1890年翻譯的英譯，而非比較晚近的英文出版，此作法頗值得商榷。[5]同時，或許為趕搭當年10月的文化盛事——德國著名導演Thomas Ostermeier於臺北國家戲劇院帶來「多媒體搖滾電音版」的《玩偶之家——娜拉》，[6]因而出版時間匆促，將William Archer的名字印刷錯誤為Willian（112）；原先全劇人物名字柯洛斯塔有一頁印刷排版誤植為「庫洛格斯答」（38），到新版這一頁人名成為「庫洛格斯」（43-44），仍然是錯誤的。

我任教的前幾年均使用書林版本，雖然有一些語句翻譯錯誤、省略沒譯、語意不清，文學性成語也稍嫌過多，但是多數譯文中規中矩，若僅著重情節，不去細究對白，勉強可滿足上課所需。在書林版之後，呂健忠老師翻譯一系列易卜生劇作，由左岸文化出版。其中，《玩偶家族》收錄於2004年1月出版的《易卜生戲劇全集（二）家庭倫理篇》。此譯本最大特色為詳盡的注

4 2001版，藍克：（對林德太太說）我不知道妳的生活圈裡是不是也有這種道德淪喪的人，一找到機會就陷害人，然後從中謀利，所有健全的品德都被打入冷宮了。林德太太：可是我認為最需要照顧的就是這種生病的人。藍克（聳聳肩）：是啊，就是這樣，這種憐憫讓整個社會變成像個病院（31）。2006版，藍克：（對林德太太說）不曉得在你的家鄉有沒有一種人，他們喜歡到處嗅嗅，看看能不能聞到道德敗壞的氣息，一旦找到一個就把他放在明處，好做觀察。結果是，道德健康的人反而被冷落了。林德太太：不過我認為，那些不健康的人才需要被關照。藍克：（聳聳肩）沒錯，就是你這種論調，才會把整個社會搞得跟病院沒有兩樣（37）。其他四處都是一、兩個字的差異。

5 請參考「自序」短文註釋6，對於六個英譯本的簡短評論。

6 2006年的出版充分反映翻譯活動的經濟面向。當時兩廳院舉行「世界之窗 2006德國狂潮」系列活動，10月邀請名導演Thomas Ostermeier帶來《玩偶之家——娜拉》，廣為宣傳外，更邀請藝文界名人如賴聲川、陳玉慧、張小虹等人推薦，可謂當年的文化盛事。書林可能因此趕於9月重新包裝先前譯本，推出的譯本還附有額外的書背，上面包含該演出的相關圖像、演出日期、和票價等。乍看之下，此書給人好像是該演出的正規或授權版本的印象，這樣外加演出書背的出版，不管對劇本和演出都有互相加乘的宣傳效果。

釋，總共約有140個，提供文化、社會背景說明，或翻譯的相關細節。該譯本也是唯一有清楚說明所參考的英文譯本，包括Rolf Fjelde、Peter Watts和William Archer等人所譯。譯本優點在於有不少生動的口語與企圖展現節奏感。可惜的是，全劇文白參雜，風格不一，如人物使用很現代的口語，馬上接著文言文「夫復何求」，又如「死而無憾」和「超炫」放在同一句。幾處語言讀起來又不太像中文，如「別怕，免受驚。」（55）此外，譯文常常過度延伸人物語言的意義，人物所說的比喻用字並非原文所有，有時因此造成語氣的改變，甚至不符合人物的關係或年齡地位。[7]

劉森堯與呂健忠的兩個版本嘉惠不同的讀者，以及包括我在內的後來翻譯者，使我們可以奠基在這兩本先鋒之作下繼續精進。2014年淡江大學出版由許邏灣翻譯的《玩偶之家》，比起書林版語句多數清晰，比左岸版語言風格一致，成為我最近兩年授課採用的教材。不過，由於譯者堅持在地化，將部分角色人名轉化為以華人姓名方式翻譯，如林德太太成為林太太，同時譯者又將其對文本的詮釋嫁接於翻譯中，突顯黑色的意涵，主角變成黑爾默，諾拉成為黑太太，除了人名譯法不一致，也導致文本的語境偶顯突兀。另外，我覺得比較可惜的是，譯者可能怕讀者不懂，往往將語句的潛臺詞（subtext）以增加的方式翻譯出來，因而對白變得冗長，無法反映原作語言的精煉與節奏，同時喪失重要的趣味。在此僅舉一例，第二幕藍克醫生告訴諾拉他的身體快速走下坡，就快死掉，到時他會寄來一張畫有黑色十字架

7 我僅簡短舉一個例子說明。第一幕，諾拉告訴林德太太他們之前到義大利的旅行救了托瓦德的性命，她說：「喔，那是趟奇妙的旅行，也救了托瓦德的命。」左岸版的譯文為：「那趟旅行真是漂亮——超炫，硬是把托瓦爾從鬼門關拉回來。」除了衍生改用比喻，「超炫」或許是臺灣當時年輕人流行口語，不符合諾拉的身分年齡。接著，諾拉進一步揭露所花的旅費驚人，林德太太回答：「有錢應急那可是鴻運。」語句讀起來不像是中文。隔了幾行，諾拉卻說起文言文：「噢，克麗絲婷娜，快快樂樂過日子真是夫復何求！」（46）

的名片。諾拉認為藍克今天講話都沒道理，希望他有好心情。我選擇依照原文貼近直譯：「當死亡已經來到我眼前？——而且是為另一個人的罪惡付出代價。這有天理嗎？每個家庭，都以某種方式，被這種無情的報應支配——。」淡江本為：「我準備要躺進棺材，妳卻希望我愉快？因為另一個男人的罪惡，我必須飽受痛苦！這種事有正義嗎？這種不可避免的大自然的反撲，妳在每個家庭都可以看到蛛絲馬跡……」（135）其中的「妳卻希望我愉快」即是人物的潛臺詞，此處被增譯，而「必須飽受痛苦」也是較原文直白。《玩偶之家》的人物常常拐彎說話，尤其在這一場，根本不直接說破，接著藍克說：「我可憐、無辜的脊椎，卻必須為我父親當中尉時的開心日子受苦。」諾拉故意裝天真地回應：「你父親沉迷於吃蘆筍和鵝肝醬。不是嗎？」相較我上述較為直譯的作法，淡江本將「開心的日子」說白，改譯為「沉溺酒色」，經這麼一說清楚，那諾拉接續以「沉迷美食」裝天真的臺詞就會顯得奇怪。藍克醫生此時不戳破（後來也沒有），他直接加碼順著語氣補充還有松露，一直到最後他「探究的眼光」看著諾拉，都是有潛臺詞的戲劇動作。我們不妨將此看作一場兩人的戲耍，是貫穿全劇的「遊戲」概念的眾多展現之一。同樣地，家庭被無情的報應支配亦是指涉全劇的「遺傳」概念。我選擇保留對白的靈魂——潛臺詞，也希望能符合原作語言的精煉特色。

此外，淡江版也選擇將某些現代臺灣讀者可能無法察覺的暗示性語言明白地直接翻譯出來，對此，我自己感到較多的矛盾。這些暗示是因為在當時社會被認為不名譽（如上述脊椎腐爛等種種來指涉染患梅毒亦可視為一例）或是社會規範的要求，當時觀眾肯定可以理解，但是有一些指涉較為細膩，加上文化時空差異，臺灣的讀者是否可以察覺確實是個問題。例如第二幕開始，諾拉問保母怎麼捨得將自己的孩子交給陌生人，到她家來工作？

她回答對於一個沒有錢又惹上麻煩的女孩來說，能到她家工作是十分幸運的，何況那個男人都不負責任。淡江版本直接以「未婚懷孕」取代委婉暗示的「惹上麻煩」（113）。又如第二幕末，在諾拉瘋狂地練習跳完塔朗泰拉舞，還要求女僕吃飯時準備香檳和蛋白杏仁餅等顯得奇怪的行為舉止，藍克醫生和海爾默一起走進飯廳時，他低聲問海爾默：「Der er da vel aldrig noget – sådant noget ivente?」我將之譯為：「應該沒事吧。嗯，——會不會是有了？」我對藍克醫生的這個「頓」（破折號）[8]的詮釋是：不只是因為臆測思考需要時間，還有因為社會禮儀產生的猶豫遲疑，他意識到此提問是否適合。我的翻譯「有了」已經比原作拐彎暗示的問法明白，怕更婉轉的話讀者會誤解。淡江版則直白譯為：「我想應該沒事，不是什麼嚴重的事。她是不是懷孕了？」（170）[9]但是十九世紀的歐洲中上流社會，人們基於禮儀不會使用「懷孕」或「有小孩」等指涉與性或生育相關的語彙，而全都是婉轉暗示，如使用「處於脆弱的情況」（in a delicate condition，或是in an interesting condition）。[10]這就是為何第一幕諾拉即使是對以前的女性好友林德太太述說，自己當初如何設法哄騙海爾默帶她出國度假，也不說她「懷孕」，而是「我的情況」。[11]此處讀者若不清楚這些文化脈絡而感到困惑，尚可翻閱推敲，從兩人先前的談話（隔了約三頁），諾拉告訴對方她因為必須等待小伊瓦出生，所以無法去照顧生病的爸爸，可得知「我的情況」指的是懷孕，但觀眾就無法如此做。此處我仍選擇直譯：「我邊哭邊哀求。我跟他說，他要記得我的情況，他必須要

8 關於《玩偶之家》原文全劇破折號的使用說明，參見劇本註釋2。

9 此處，書林版譯為：「我想沒事吧……她在等什麼嗎?」（80），左岸版譯為：「真的沒事？沒什麼不對勁？」（93），兩者又似乎太隱諱。

10 其他階層會使用in the family way。

11 讀著可能想到易卜生另一名著《海妲．蓋卜勒》第一場姑媽非常婉轉暗示詢問海妲是否有身孕，因為太婉轉而造成男主角誤解以為是問他對自己未來有何期待。

體貼我、順我的意。」淡江版乾脆譯為：「我告訴他：要記得我是孕婦，他必須寵愛我。」（62）對譯者而言，上述的這些例子的確是選擇的難題。基於忠於原著，我選擇符合當時人物在所處環境的用語，少數則或佐以註釋說明。但在演出時，可能導演、演員就必須以其他方式多加著墨，或是以中文婉轉用法如「有了」來取代較為適合，但仍應避免所有人物皆大剌剌使用「懷孕」一詞，實在不符合當時的文化背景。最後，淡江版一如多數譯本，難免有少數幾處誤譯，[12]比較明顯的如劇中諾拉愛吃的蛋白杏仁餅被翻譯為馬卡龍，不知道是因為兩者英文相近（分為macaroon和macaron）而誤譯，還是因為臺灣近年流行馬卡龍因而改譯，但是在易卜生《玩偶之家》出版時，以及劇本的時空背景，還沒有馬卡龍這樣的甜點。

總而言之，以上為我個人閱讀坊間可得四版《玩偶之家》中譯本的心得，除了潘家洵的譯本因年代久遠，語境實在太過時外，其他三個版本有各自的優缺點，提供讀者參考。

二、《玩偶之家》幾個常見的關鍵翻譯問題

（一）劇名：娃娃屋？玩偶之家？玩偶家族？

易卜生使用的劇名*Et Dukkehjem*在當時是個新創的語彙，英文譯者Dawkin和Skuggevik指出這詞在易卜生之前的書籍中只被使用過一次，[13]而易卜生在1880年一封寫給瑞典文譯者Erik af Edholm的信中寫道：「你的假定完全沒有錯，劇本名稱*Et dukkehjem*是我自己創造的新詞，我很高興你會以瑞典文直譯劇

[12] 如71頁和149頁最後面，因此失去說話者（分別為藍克醫生與克洛斯塔）語言內的諷刺。或191頁，海爾默評論打棒針「像在寫中文」，並不準確。

[13] Dawkin & Skuggevik, p.xiv.

名，重複使用。」[14]當時易卜生沒有使用常見的「et dukkehus」或「en dukkestue」（娃娃屋，英文為a doll house），而新創「娃娃之家」（或玩偶之家）此奇特之詞（英文直譯a doll home），顯然有特殊意涵。不過，英文劇名翻譯因最早的重要英國譯者William Archer翻譯為*A Doll's House*以來，就成為多數劇本和演出採用的譯名，後來美國譯者Rolf Fjelde則翻譯為*A Doll House*。語意差別為前者突顯諾拉為娃娃（玩偶），後者暗示包括托瓦德在內的所有家人都是娃娃；同時也分別反映英國和美國的慣用語用法，但兩者均無法涵納易卜生在原劇名特別使用「家」的特殊用意。

原文的「家」一詞暗示整潔、舒適的避風港，內含理想的家庭價值觀，[15]而此理想的價值觀將於劇末受到諾拉的質疑與推翻。原作劇名隱喻居住在此看似理想家庭的人都是玩偶，承繼當時社會對性別角色的典型思維，為其牽制。不僅諾拉從父親的家被移轉到丈夫的家，扮演被期待的性別角色；海爾默亦是男性社會的產物，被社會制度教養、形塑而成的玩偶；而從諾拉跟小孩的互動中或是她買給三個小孩的聖誕禮物，讀者可以看到性別角色的劃分如何被製造。這個家最後解體，女性的角色地位問題被提出，傳統的價值被挑戰。書林版劇名譯為《玩偶之家》很能捕捉原著意涵，保留家的隱藏價值觀與兼顧誰是玩偶的隱喻暗示。

值得一提的是，《玩偶之家》在全球的翻譯中，也有改以女主角的名字作為劇名，尤其是在舞臺演出時。例如：中國五四運動時期開始引介、翻譯易卜生的劇作，重要譯者潘家洵的譯本以

---

[14] 引自Julie Holledge et al., *A Global Doll's House: Ibsen and Distant Visions* (London: Palgrave, 2016), p.4.或參見Mark B. Sandberg, *Ibsen's Houses: Architectural Metaphor and the Modern Uncanny* (Cambridge: Cambridge University Press, 2015), p.69.

[15] Egil Törnqvist, p.54; Errol Durbach, "Translating Et Dukkehjem into A Doll's House" in *A Doll's House: Ibsen's Myth of Transformation* (Boston: Twayne Publishers,1991), pp.27-28.

《娜拉》為劇名，某種程度反映譯者當時社會文化思潮的影響。五四運動提倡新文學，主張以白話文取代文言文來寫實地描繪生活，而易卜生在劇作中使用日常語言，以寫實風格描繪挪威社會問題，正好符合當時的文學倡議。更重要的是，五四運動的知識分子認為易卜生劇作中充滿反抗精神的主角，體現了他們所鼓吹的新青年與從傳統解放的新精神。因此，諾拉走出家門尋找獨立與自由，不僅被視為新女性的代表，更因挑戰和打破舊價值，成為理想新青年的楷模。中國對《玩偶之家》的接收超越了女人問題，而象徵一個邁向現代性的文化活動。如林賢智生動描述：「五四運動是一次集體出走事件……娜拉超越了倫理的意義而成為中國現代化的象徵。」[16]《娜拉》的劇名與白話文對白反映譯者所處的文化和政治運動風潮。

（二）文化獨特語彙在地化的商榷：挪威家庭冠華人姓氏，使用英國錢幣？

如何翻譯原文本具文化獨特性的語彙對譯者是項挑戰，《玩偶之家》的時空背景為十九世紀挪威，自然包含不少文化獨特性的語彙。此類語彙可能屬於語言系統中最偶然的部分，如地名、機構名稱、歷史人物等，在目標語言往往沒有相對應的語彙；又或者是它屬於該文化特有的概念，對其他文化的人而言是陌生的，如華人的「風水」。因此，若未加以說明，讀者可能產生困惑。針對文化獨特性語彙的翻譯，約有三種常見的處理方法。一為保持原語彙直譯，維持陌生感，增加註釋說明。這樣的好處是目標讀者可以學習原文本的文化、習得新知，而整個譯本的語境也能維持統一。不過，就劇本而言，劇場觀眾並無法透過翻閱註

[16] 轉引自許慧琦，〈「娜拉」在中國：新女性形象的塑造及其演變（1900s~1930s）〉（臺北：國立政治大學歷史系博士論文，2001年），頁91。

釋而知曉其意，倘若這語彙又是牽涉到情節發展或喜劇笑點的關鍵臺詞，必須設法使觀眾僅透過譯文（即人物臺詞）就能明白其意，以利欣賞演出。因此，有些譯者會選擇將其轉化為目標觀眾可以理解的詞彙，以雷同的在地文化用語更替，但若不小心，可能會造成混雜奇怪的文化語境。最後一種是折衷方法，即保持原用語，在臺詞中增譯，加入補充說明，但可能造成語句冗長或不自然。這些方法有各自的優缺點，端賴譯者就每個語彙和脈絡進行判別選擇。

以《玩偶之家》而言，我選擇維持原文本的文化獨特性語彙，因為它們不影響理解文本內容。不過，有中譯本僅針對特定語彙在地化，反倒令人困惑，且形成突兀、衝突的文化語境，如十九世紀中產階級挪威人使用英國錢幣，還冠有華人姓氏等怪異的情形。其中以諾拉給搬運工小費的開場因看似瑣碎，常為讀者輕忽。金錢是《玩偶之家》的情節和人物建構的關鍵重點，托瓦德認為沒有借貸的家庭才有自由，揭露他的理想家庭價值觀；諾拉瞞著先生借錢，偽造簽名才造成之後的危機。而易卜生在一開場即讓人物提到錢，此重要細節得仰賴翻譯者傳達，才能引導讀者看到劇作家的鋪陳安排。開場是諾拉從外面購物回家，後面跟著搬運工送來聖誕樹，諾拉付錢給他，搬運工只有一句臺詞便從此沒有再出現。這個開場除了點出劇本發生於重要的聖誕節慶時間（快樂幸福的一家人團聚的時刻，進展到劇末這個家庭崩解了），隨後聖誕樹被搬到舞臺不僅有視覺效果，還有與諾拉平行類比的隱藏意涵。更重要的是，諾拉給的小費和服務費一樣的多，這個關鍵動作刻畫了諾拉的個性，到底她是如托瓦德和林德太太所言，從學生時代就花錢不知節制？還是她預期托瓦德獲得升遷後，接下來的生活即將好轉，終於可以不必為錢擔心而感到輕鬆並出手大方呢？或者是出自聖誕精神呢？類似這種充滿暗示性的臺詞貫穿整個劇作。其原文如下：

> BYBUDET: Femti øre.（直譯：五十沃爾）
> NORA: Der er en krone. Nei, behold det hele.（這是一克朗。不，零錢留著。）

中譯本的處理方式不一。書林版譯為：「搬運工：六便士。諾拉：給你一先令，不用找了。」譯文顯然參考英國譯者的英文版，而英譯者將挪威幣制改成英國幣制方便當時讀者理解金額價值。然而，中譯本維持英國幣制，毫無意義，因為它和挪威幣制一樣都是臺灣讀者所陌生的，而該英國幣制也已經於1971年廢除，對於今天的英國人恐怕也不具指示意義。之後，諾拉對林德太太提到全家到義大利度假所花的錢是「兩百五十鎊」，讀者仍然無法理解當時這筆錢的金額大小。淡江版也是採在地化手法，用的是臺幣，但不特別指出新臺幣，譯文為「送貨員：五十。諾拉：給你一百，不用找。」到義大利的花費則被轉譯為四十八萬。讀者相對容易理解，又無太多違和感，遠比書林版的選擇有意義。不過，我覺得關鍵問題在於：當時諾拉要抄寫多久才能賺五十沃爾？在當時社會可以買到什麼東西？五十沃爾會等值於今天臺灣讀者認為的五十塊臺幣嗎？

因此，我選擇維持原本的挪威幣制，也提供目標文化的讀者學習新知的機會。不過，我在譯文中做些更改以突顯諾拉付了百分之一百的小費，譯為「送貨員：五十沃爾。諾拉：一克朗。喔，剩下的五十沃爾你留著。」「nei」雖是否定的「不」，但也可以是感嘆詞「喔」，之後諾拉在劇中用非常多的感嘆詞或語助詞，這裡的翻譯並不會造成人物性格的不一致。同時，讀者必須注意諾拉並不是如上述兩個譯文顯示她付錢時，立刻就說不用找。原文用的是句點，而非逗點，所以當時諾拉是看到送貨員在翻找零錢，她才會說要對方留著零錢。[17]總之，這個戲劇動作的重點在於諾拉給予慷慨的小費。翻譯者的工作必須突顯這個小費的數目，讀者或演員方能注意到此細節來解讀和建構諾拉的個性。

其他因譯文部分在地化而造成語境衝突的例子，如淡江版譯者堅持將人物的譯名在地化，林德太太成為林太太，主角原本姓氏是海爾默，名字是托瓦德，譯者取其姓氏，改譯成姓黑，名叫爾默，諾拉因此成為有著奇怪姓氏的黑太太，稱呼她的先生爾默。但是譯者並沒有維持一致性，當林德太太和幾年未見的舊愛柯羅斯塔聊天一陣子後，轉為較親近的稱呼，並沒有依此邏輯使用（羅）斯塔，而是用其原本的名字尼爾。除了名字的譯法令人感覺奇怪，此處突顯的「黑色」意涵完全是譯者的衍生詮釋。又如商務版將藍克醫生和諾拉兩人談到的西方高級食物如蘆筍、鵝肝醬、松露等，轉譯為中式食物如「龍鬚菜、司太司堡的饅頭、蘑菇」等（65）。令人好奇當時挪威人吃饅頭嗎？此外，雖不清楚這些菜在當時中國是否昂貴，但對現在讀者而言都是家常菜，難免困惑：到底藍克醫生的父親吃這些食物，有何不對呢？如上述例子，譯本若只針對少數與文化相關的單詞進行在地轉譯，往往造成與整個劇本文化語境的矛盾，容易顯得突兀和引起困惑，我個人並不覺得有需要在地轉化。

（三）諾拉的壓抑與反骨：到底諾拉很想當著托瓦德的面說些什麼？

在第一幕，有一場景藍克醫生從托瓦德的書房走出來，第一次見到林德太太，諾拉介紹兩人認識後，三人閒聊。諾拉首次

[17] 左岸版在註釋中亦指出此點，譯文為「送貨員：五十。諾拉：一克朗。不用找，零錢留著吧。」

意識到托瓦德在銀行的新工作，除了薪水高，還有人事聘用權，並管理不少人員。她非常開心，吃了托瓦德禁止她吃的蛋白杏仁餅慶祝，同時也要藍克醫生和林德太太都吃一個。隨後，她表示現在世界上只剩下一件事她很想做，就是當著托瓦德的面說一句話，但是她不敢，藍克醫生問是什麼，諾拉說出口，兩人非常震驚。此句話顯示諾拉的壓抑與反抗，一如偷吃蛋白杏仁餅的行為，諾拉絕非如她所扮演的外在角色天真、溫馴。原文：

NORA: Der er noget, som jeg havde en så umådelig lyst til at sige så Torvald hørte på det.

RANK: Og hvorfor kan De så ikke sige det?

NORA: Nej, det tør jeg ikke, for det er så stygt.

FRU LINDE: Stygt?

RANK: Ja, da er det ikke rådeligt. Men til os kan De jo nok –. Hvad er det, De har sådan lyst til at sige, så Helmer hører på det?

NORA: Jeg har en sådan umådelig lyst til at sige: død og pine.

RANK: Er De gal!

FRU LINDE: Men bevares, Nora –!

當時課堂採用的書林版譯文為：

諾　　拉：要是托瓦德也能知道，我很想說一件事。

藍　　克：那，妳為什麼不能說？

諾　　拉：不行，我不敢，太令人震驚了。

林德太太：震驚？

藍　　克：那麼，我勸妳別說，但是，妳可以告訴我們，是什麼如果能讓托瓦德知道，妳就會很想說？

諾　　拉：我會說……哎，我真該死！

藍　　克：妳瘋了不成？

林德太太：諾拉，親愛的……！（38）

此處，學生常常認為諾拉並沒有說出她想說的，且認為諾拉想說的是她借錢的事。我則追問：若是沒有說出來，藍克和林德太太又為何如此回應？學生往往無法回答。我自己第一次讀此譯文，納悶：為何諾拉會認為自己該死？又為何想說？一如商務版譯為：我恨不得說「這些事情實在該死！」（30），那麼到底這些事情又是什麼？原作中，諾拉最後說出「dod og pine」，字面意義為「死亡和痛苦」，在此場景則是輕微的詛咒，接近中文的「該死」，英文的「damn」。這絕非當時有教養的中上階級女性會使用的語彙，難怪藍克醫生和林德太太聽到大為震驚。「該死」是諾拉對於平常壓抑自我、扮演美麗玩偶的一種反抗，也是一種抒發，就像她偷吃蛋白杏仁餅一樣。尤其值得注意的是，諾拉渴求的不是偷偷背著托瓦德，而是當著他的面說出這句話。我對於這段的翻譯如下：

諾　　拉：是某個我很想說出口，讓托瓦德能聽到的。

藍克醫生：那妳為什麼不說？

諾　　拉：我不敢，因為很醜陋。

林德太太：醜陋？

藍克醫生：噢，那就不建議。但妳可以跟我們說——。到底是什麼妳很想說，讓海爾默聽到的？

諾　　拉：我很想說：該死！

藍克醫生：妳瘋了嗎！

林德太太：天啊，諾拉——！

不過，這個讓兩位人物（和當時觀眾）震驚的語彙「該死」，在今天已經太過溫和，現今觀眾恐怕無法意識到諾拉說這句話的反抗性，Errol Durbach指出當今譯者的挑戰在於選擇翻譯成哪個詛咒用語，而能產生如諾拉於1879年說這個字時同樣的震驚效果。[18]然而，我認為若為了製造原文本對當時觀眾產生的效果，而在翻譯時加強該詛咒的語氣，反而形成另一種不協調：角色說的話不符合十九世紀該性別和階級會使用的語言。例如淡江版的諾拉說：「該死，他媽的！」就如同我認為不要僅將幾個文化獨特語彙在地化一樣，若全劇時空均一致地維持十九世紀，讀者比較會進入、回到過去的時空來思考對白。左岸版雖翻成「該死」，但又強加衍生，將諾拉的臺詞譯為：「我會死而無憾，只要說一句——該死！」藍克醫生和林德太太兩人的回應則變成「妳神經病！」與「諾拉，妳吃錯藥！」除了文言和流行口語夾雜，林德太太回應的用語和原作尤其差異甚大，造成不同的語氣，也較不符合人物的年齡、地位、性別，以及與諾拉的關係。最後，諾拉猶豫是否要說出該句話，是因為太「醜陋」，這也是全劇重複使用的語詞之一，已經在前文討論過，細心的讀者也可以理解首度造訪海爾默夫妻家的林德太太，為何在此會充滿疑問地重複一次該詞，每日造訪的藍克醫生自然很熟習托瓦德常用的醜陋與漂亮等詞，以及它們包涵的價值觀。

（四）如何稱呼很有關係：被開除是個「你」或「您」的問題？

第二幕諾拉因為克洛斯塔威脅揭露她的祕密，而企圖說服托瓦德讓克洛斯塔繼續留在銀行工作。面對諾拉不斷遊說，托瓦德最後回答說他也許可以忽略克洛斯塔的道德瑕疵，但有一

---

18 Errol Durbach, p.38.

件事讓他無法容忍，非得開除他，他說出來的原因讓諾拉難以相信。托瓦德此段話的原文為：「Ja, jeg kan gjerne si deg det like ut: vi er dus. Og dette taktløse menneske legger slett ikke skjul på det når andre er til stede. Tvert imot, - han tror at det berettiger ham til en familiær tone imot meg; og så trumfer han hvert øyeblikk ut med sitt: du, du Helmer. Jeg forsikrer deg, det virker høyst pinlig på meg. Han ville gjøre meg min stilling i banken utålelig.」我譯為：「嗯，我可以直說：我們以前是蠻熟的。但那傢伙一點都不老練，完全不懂得在別人面前隱藏。相反地——他還覺得他夠資格用親暱的語氣和我說話，不時就冒出『你，海爾默你！』我跟妳保證，這對我是種折磨。讓我在公司的地位很難堪，無法忍受。」原來，托瓦德無法忍受的是克洛斯塔使用「你」（*du*），而非用正式的敬語「您」（*de*），難怪諾拉忍不住說他小心眼。可以說克洛斯塔因為用錯第二人稱代名詞，所以被開除了。

由於英語的第二人稱稱謂只有一種，並沒有敬語之分，英文譯者只好讓人物使用名字和姓氏來區分親疏，如Fjelde英文譯為「相反地，他認為他有權利用親暱的口吻對我說話，不時就冒出『對，托瓦德』，『當然，托瓦德』。我跟妳說，這令人很尷尬……。」[19]因此，在英譯本，托瓦德像是反對被屬下直呼其名，比較無法反映原作中他在人際關係中的矯情造作和小心眼。先前中譯本因參酌轉化過的英譯本，並沒有回到中文可以處理的方式，有的譯文更就英譯衍生，加碼過度翻譯，離原作的語氣更遙遠，甚至令人覺得托瓦德的反應合理，而無法理解諾拉為何會認為他小心眼。例如書林版和左岸版分別譯為：「相反的，他以

---

[19] "Quite the contrary—he thinks that entitles him to take a familiar air around me, and so every other second he comes booming out with his "Yes, Torvald!" and "Sure thing, Torvald!" I tell you, it's been excruciating for me. He's out to make my place in the bank unbearable." (160)

為他有權利用很親密的口吻跟我說話，我時時刻刻都聽到『我說啊，海爾默老傢伙！』之類的口吻，我不得不說這對我而言實在是痛苦極了，他會讓我在中央銀行裡工作不下去的。」（62）「我乾脆直說好了：那時候我們是稱兄道弟的死黨，可是他搞不清楚狀況，到處都跟你稱兄道弟，簡直把搭肩勾背看成是他天生的權利。我受不了他。他在銀行裡讓我下不了臺。」（76）左岸版將兩個熟人延伸譯為「稱兄道弟的死黨」，上下文讀起來彷彿克洛斯塔並沒有意識到在工作場合關係的轉變，仍對托瓦德稱兄道弟。因而讀者可能會覺得，海爾默在工作場感到不舒服是合理的。書林版的「老傢伙！」此親暱用詞改變原意，後面卻以姓氏「海爾默」，而非名字稱呼對方，造成語氣的矛盾。淡江版也是將語氣延伸，並在地化翻譯為：「喂！爾默，老兄！」（128）

可能因為上述西方姓名的中文翻譯常是採用音譯，致使讀者很難如中文般立刻辨識譯文是使用姓氏或名字，以及其所揭露的親疏關係。例如：在第三幕林德太太和克洛斯塔兩人分離多年後，第一次再相見的場景，到底林德太太會如何稱呼多年前被她拋棄的情人「尼爾斯・克洛斯塔」，將會揭露她是否遵守當時社會禮儀或是她對對方還保有多少情分。在原作中，林德太太全部都是使用姓氏克洛斯塔，顯然她遵守當時的社會禮儀，而且與先前刻劃林德太太在意社會眼光的性格是一致的。林德太太回應克洛斯塔的疑問：為何約定在海爾默家裡見面，是因為她在鎮上賃居之處並無單獨出入口，暗示她害怕別人看到克洛斯塔單獨去找她而引起議論。不過，如果仔細推敲兩人在談話過程中彼此關係的轉變，我覺得一些版本（如Fjelde、左岸與淡江版）讓林德太太第一或第二次稱呼對方為克洛斯塔，然後再換成尼爾斯，這樣的處理也很合理。一開始，林德太太和克洛斯塔兩個人已經各自嫁娶，多年未見，而克洛斯塔見到林德太太的第一句話並未見友善：「我在家看到妳留的字條。這是什麼意思？」因而她說：「克洛斯塔，我們來談談。」接著，當克洛斯塔譴責過去她和他分手的事情，林德太太說出真正的原因。此時，林德太太憶起兩人的舊戀情，加上想和克洛斯塔再續情緣，她可能會以名字稱呼對方。另一方面，也是合理地回應克洛斯塔聽完她的解釋，態度開始變得友善，並用名字「克麗絲汀」稱呼她，否則前面都是沒有稱謂的，只用「妳」指稱。因此從克洛斯塔轉變成尼爾斯比從頭到尾全都改用名字「尼爾斯」（如書林、商務版）符合人物的社會規範和關係。不過，為了忠於原文，我的譯文從頭到尾都是用克洛斯塔。

同樣地，劇中人物如何使用父親、先生、母親等家庭關係的用語，反映對話人物的關係或人物與被指稱者的親疏關係，以及場合的正式與否。易卜生對於這點也是非常刻意區別的。例如，諾拉不管講話對象是她的先生、克洛斯塔、或是林德太太，提到她逝去的父親，全劇都是用「爸爸」（原文pappa），這是非常突出的，顯示兩人親暱的關係，也或許同時暗示諾拉的小女兒形貌。與上述相較，海爾默、克洛斯塔和林德太太都是用妳「父親」（原文fader），林德太太則數次提到她的「母親」（moder）。此外，我不會如淡江版選擇進一步將克洛斯塔、林德太太以敬語指稱諾拉的父親為「令尊」，因為該語言並未反映有如此的文化習俗。又如諾拉和她三個小孩之間也都是以「mamma」自稱和稱呼對方，因為小孩年紀還小，所以我譯為「媽咪」。最後，諾拉對其他人多次提到自己的「mand」，因為交談對象與當時禮儀，我多譯為「先生」，他人同樣稱呼妳「先生」，絕不會如左岸版和淡江版有幾處譯成妳「老公」。若泛指夫妻權利義務、夫妻兩人交談與少數特殊狀況，則以「丈夫」稱之。這些稱呼差異雖是不影響文意的小地方，但是如何翻譯卻可以影響建構的人物關係。

（五）諾拉——從「小動物、小孩、東西」到追求成為「人」

諾拉的先生海爾默以各式小動物暱稱稱呼她，並視諾拉為其所擁有的財產。不僅如此，海爾默和周遭的人如藍克醫生，甚至和諾拉同為女性的林德太太，都將諾拉視為一個沒見過世面、無法有自己判斷力的小孩。說來諷刺，克洛斯塔反倒是唯一比較將諾拉視為大人，並以平等口吻與其交談的角色。易卜生整個劇本從劇名的「玩偶」（娃娃）已經開始表達這個概念，劇中也使用許多明顯的指稱如小松鼠、小雲雀、小孩、小東西，然而有些特別的名詞如「spillefugl」（8）、「lykkebarn」（79）等因為較少見而造成各式不同的中英文翻譯。我覺得如果能把握上面的原則，以直譯方式則可以找出比較貼近原文的中譯，同時緊扣最後諾拉的覺醒——她要先成為人。

如第一幕海爾默開玩笑意有所指地問諾拉：「那些總是亂花錢的鳥兒叫什麼來著？」諾拉答：「spillefugl」。它由兩個字組成，spille意指「玩、浪費」，我將這個新組成的字翻為送錢鳥，改自送子鳥，接近左岸版的送財鳥。海爾默接續說：「我的送錢鳥很可愛，但花的錢多到嚇人。真令人難以相信男人養隻送錢鳥要這麼貴。」而非如書林和淡江版將「鳥兒」改成變成「小矮人」和「小傢伙」，諾拉的回答則成為「浪費鬼」和「散財童子」。鳥的比喻延續了海爾默常稱呼諾拉為雲雀的暱稱，也因此，海爾默會要對方「翅膀不要垂下來」（第一幕）。

「lykkebarn」則是藍克醫生參加完舞會後，順道來拜訪先離開的海爾默夫妻，他建議下次諾拉可以打扮成「lykkebarn」，這個字由好運與小孩組成複合新字，以字面直譯即是好運氣的小孩。這段我翻譯如下：

諾　　拉：那你說，我們下一場化裝舞會應該打扮成什麼？
海 爾 默：妳這瘋狂的小東西——已經在想下一次舞會了！
藍克醫生：我們兩個？我告訴妳，妳一定要扮成幸運小童——
海 爾 默：嗯，但要怎麼找到適合的服裝。
藍克醫生：你太太只要以她平常的打扮出現就可以了——。
海 爾 默：很貼切。那你呢，要扮成什麼？

這裡的重點不僅是幸運小童，還有後續兩位男性對於該如何打扮所反映的意識形態。兩人都同意諾拉只要以平常的樣子出現即可，因為現實生活他們就視她為小孩，而且兩人都喜愛諾拉，同意她是帶來好運的小孩。可惜的是，目前中譯本的翻譯：扮成「好仙女、仙女、魔法保護的不死之身」[20]都喪失後續討論穿什麼衣服所暗示的意涵。不僅如此，當藍克離開後，托瓦德到信箱拿信，終於讀了克洛斯塔的信。他非常生氣地責問諾拉，稱呼是用「du ulyksalige（字面意義：妳這不幸的）——hvad er det, du har foretaget dig!（妳到底做了什麼事？）」（82）以上可以推知，「幸運小童」絕對是易卜生的刻意安排，幾行之後與此「不幸」相對照，尤其顯得諷刺。

類似的細節還有幾處，我僅再舉一例，以顯示海爾默明白地視諾拉為他所擁有的「東西、物品」。在舞會後，情慾高漲的海爾默拉著諾拉回家，他必定以熱烈渴求的眼神注視諾拉，諾拉才會要他「別那樣看我！」海爾默回答：「Skal jeg ikke se på min dyreste ejendom? På al den herlighed, som er min, min alene, min hel og holden.」（76）原文「dyreste ejendom」就是最昂貴的財產，

[20] 書林，頁91；左岸，頁105；淡江，頁199。

英文版不少直譯為property、possession，少數婉轉譯為treasure（可指人或物），目前三個中譯本全部婉轉地譯為「寶貝」，可以指涉人或物。同時，細心的讀者透過原文可以發現，海爾默在此以簡短的語句堆疊強調「是我的」，因而產生節奏感（這種節奏感貫穿全劇）。以下我列出不同譯本稍做比較：

本版：我不能看著我最珍貴的東西嗎？所有的美麗，是我的，我一個人的，完完全全只屬於我。

書林：為什麼我不應該看著我最親愛的寶貝呢？……屬於我的美麗，完全屬於我的。（89）

左岸：我不能看我最珍貴的寶貝嗎？上上下下全部的美統統屬於我一個人，外人止步，歸我獨自擁有的美，不能看嗎？（103）

淡江：為什麼我不能看我最珍貴的寶貝？妳的美貌全部是我的，完完全全是我一個人的。（193）

相較於其他版較含蓄的譯法，我採直譯，因為諾拉越被視為沒有思考能力的動物、東西，或是思考能力尚未發展完全的小孩，就越能突顯她最後對海爾默說的論點：她得先成為「人」。此段我的翻譯如下：

海爾默：噢，真是離譜。妳竟然要這樣背棄妳最神聖的責任。

諾　拉：你覺得我最神聖的責任是什麼？

海爾默：這還要我告訴妳嗎！不就是妳對妳丈夫和孩子們的責任？

諾　拉：我有其他同樣神聖的責任。

海爾默：妳沒有。別的責任又是什麼？

諾　拉：對我自己的責任。

海爾默：妳首先最重要的是做個妻子和母親。

諾　拉：我再也不相信那種說法。我相信我得先做個人，就跟你一樣——或者，至少我必須要試著成為一個人。

諾拉的覺醒是強大的：成為女人之前，她必須先是個人。或者說，諾拉必須自己以人作為主體存在，才有辦法在前面加上各種形容詞指涉不同人生角色身分。此處書林和淡江版分別譯為：有思想的人（102）與有理性的人（223）。這種譯法可能是將正文所指的人已經指涉「具思考能力」的潛臺詞直白翻譯出來。我覺得很容易造成誤解，讀者可能以為諾拉已經是個人，只是不夠理性或有思想。

三、結論

本文簡短討論了《玩偶之家》在翻譯上幾個常見的問題，顯示用字的選擇可能牽涉到語意、人物刻劃、人物關係的改變，是一個非常細膩的過程，考驗著譯者的文字功力與對文本的詮釋。本文所列，只是諸多例子之一，並無法一一解釋，例如與海爾默夫妻、林德太太和克洛斯塔四個角色相較，藍克醫生的戲份臺詞較少，但他一開口所用的語言譬喻，莫不突出地反映藍克醫生的職業與擅於挖苦嘲諷、心懷憤怒（bitterness）的性格。如他用醫學譬喻形容克洛斯塔道德有病，以及社會為了拯救這些人變成療養院。又如在第一幕諾拉介紹他和林德太太認識，他提到兩人剛剛走樓梯時擦身而過。林德太太回答是的，她走樓梯很吃力走得慢。此時，藍克醫生有點開玩笑地問道：「啊哈，是內部有點腐爛嗎？」林德太太解釋其實是因為過度勞累。我刻意不中和、淡化原作看來很不尋常的用語「腐爛」（其他中譯本譯為：是身體有點虛弱嗎？身體不好？身體的毛病嗎？），[21]細心的讀者可以揣想為何在數行後他又用了相同的語彙來描繪克洛斯塔「腐爛」到骨子裡？藍克醫生是個怎麼樣性格的人？為何如此回應？[22]同樣地，幾位英譯者指出《玩偶之家》的語言特色是精煉，我也非常同意，比較例外的是，克洛斯塔告訴諾拉他過去犯了什麼錯，講話時過度思考、小心翼翼，因而用語顯得有點纏繞、冗長。若譯者此時能保留，而非精簡他的臺詞，是非常能夠揭露人物此時的心境與性格。我覺得易卜生確實如他所言「每個角色都有其獨特的用語」，不僅僅是符合人物的教育、階層、性別等基礎設定，也反映其價值觀、道德觀、人物的性格，以及當下的心情與動機。當然，前提是譯者必須能夠保留這些用語或語言結構，讀者方有機會細細推敲。

21 書林，頁37；左岸，頁53；淡江，頁70。上述這些譯法改變了人物的語氣。

22 為了這次翻譯，透過精讀對照原文與英譯，不僅對《玩偶之家》有更深的認識，也終於重新認識藍克醫生。希望這次譯本或可幫助讀者捕捉他憤怒、善於挖苦嘲諷的特質（我覺得此特質尤其因為父親道德的腐敗卻致使他「脊髓腐爛」而影響他一生造成）。例如延續上面的聊天，林德太太說她只是過度勞累。藍克醫生問那她是來鎮上參加宴會放鬆的嗎？林德太太回答是來找工作。此時藍克醫生嘲弄地說：「那是治療過勞的有效處方嗎？」林德太太回答：「醫生，人總要活下去。」藍克醫生說：「一般人確實是這樣想的。」諾拉打圓場：「噢拜託，藍克醫生——你也跟別人一樣想要活下去。」此時藍克醫生的回答顯示他的自我嘲諷與內心憤怒。他說：「是啊，當然。雖然我很悲慘，我還是寧願繼續被折磨，越久越好。我所有的病人也都是這樣。那些道德上有病的人也是一樣。現在，就有個道德有病的人正在海爾默的書房——。」先前課堂使用的書林版（頁36）和淡江版（頁71）都有些誤譯，讀者無法捕捉他答話的特色。

玩偶之家

人物表[1]

海爾默律師[2]
諾拉，他的妻子
藍克醫生
林德太太[3]
克洛斯塔律師[4]
海爾默的三個小孩
安瑪莉，海爾默家的保母
女僕[5]
送貨員

本劇情節發生在海爾默的住家

1 人物列表顯示主要男性角色都是以職業頭銜加姓氏，女性則只有教名為多，在此已顯示男性與女性的社會差異，而兩位男性角色雖都是律師，也顯示不同層級差異。

2 原文advokat指當時可以在商業法庭與最高法庭辯護的律師。全名為托瓦德．海爾默。

3 原文為fru指中上階級的已婚婦女，若是用madam則為已婚的低層婦女。

4 原文為sagfører，比advokat低階，已經通過律師考試，可出現在民事和犯罪法庭。全名為尼爾斯．克洛斯塔。上述綜合參考Egil Törnqvist, "The Drama Text" in *Ibsen: A Doll's House* (New York: Cambridge University Press, 1995), pp.15-16; Deborah Dawkin & Erik Skuggevik, trans. *A Doll's House* in *A Doll's House and Other Plays* (New York: Penguin, 2016), footnote 2, 3.

5 從文本得知名字為海倫。

第一幕

一間舒適的房間，家具擺設有品味，但非昂貴。舞臺背景牆右邊有一扇門通往前廳，[1]左邊有另一扇門通往海爾默的書房。這兩扇門中間靠牆有一架鋼琴。左邊牆壁中間有一扇門，再往前有扇窗。靠窗的地方有一張圓桌、一把扶手椅和一張小沙發。右邊的牆壁末端有扇門，靠近舞臺的這端有壁爐，前方擺有兩張扶手椅和一張搖椅。壁爐和側門之間有一張茶几。牆上掛有版畫。一個展示櫃擺滿了瓷器製品和小裝飾品，一個小書櫃放滿了精裝書。地板鋪有地毯，壁爐火正在燃燒著。冬天。

前廳門鈴聲響起，不久，聽到前門被打開的聲音。諾拉開心地哼唱著歌走進房間。她穿著外出服，兩手提著滿滿的包裹，隨後將包裹放在右邊的桌子上。她並未關上通往前廳的門，所以可以看到門外的一名送貨員，他將一棵聖誕樹和一個籃子交給替他們開門的女僕。

諾　　拉：海倫，把聖誕樹藏好。晚上還沒裝飾好前，千萬別給孩子們看到。（轉向送貨員，拿出錢包）多少錢——？[2]

---

[1] 原文為forstuen，意指進入房子後的第一個房間，可以通向其他房間。另外，一般舞台區塊是以演員面對觀眾分為九大區塊，如演員的右邊為右舞台（stage right），但是易卜生曾在信件中指出此場景描述是從觀眾看到的方向而言。

[2] 原作的標點符號與今日中英劇本用法有兩項大差異。一個是使用很多破折號，本譯文保留使用，從上下文可判斷破折號有兩種可能的意義：（一）表示人物的話語「被快速接話或被打斷」（往往是在句末，且之後沒有句點或其他標點符號）或是（二）人物因尷尬、不知所措、遲疑、思考等產生的「頓」，（多數出現在語句的開頭、中

送貨員：五十沃爾。

諾　拉：這是一克朗。喔，剩下的五十沃爾你留著。[3]（送貨員謝謝她，轉身離開。諾拉將門關上。她邊脫掉外套和帽子，邊輕聲地笑。她從口袋拿出一包蛋白杏仁餅，吃了幾塊，然後躡手躡腳地走到她丈夫的書房門外聽取動靜。）啊沒錯，他在家。（哼著歌，走向右邊的桌子。）

海爾默：（從書房）是我的小雲雀在那裡吱吱喳喳嗎？

諾　拉：（忙著打開一些包裹）是啊！

海爾默：是我的小松鼠在到處翻東西嗎？

諾　拉：是啊！

海爾默：我的小松鼠什麼時候回到家的？

諾　拉：剛剛。（把那包蛋白杏仁餅放入口袋，擦了擦嘴角）托瓦德，到客廳來，看我買了什麼。

海爾默：不要吵我！（一會兒，他打開門，手裡拿著筆，瞄了桌上的東西）妳說，「買」了？那堆全是？我的小送錢鳥[4]又在外頭四處撒錢啦？

諾　拉：哦，可是托瓦德，今年我們真的可以稍微放鬆一下下。這是我們第一次不必精打細算過聖誕節。

海爾默：嗯，妳知道的，我們不可以浪費。

諾　拉：噢，托瓦德，我們現在肯定可以多花一些些。不可以嗎？只是多一點點。畢竟，你就要有厚厚的薪水，賺大把大把的錢。

間，少數在句末），惟今日英文劇作以「…」中文劇作以「……」表示。另一個則是原作使用大量分號，但並非是分開複句中平列的句子，本譯文依語句判斷，大多改為逗號或是句點，以符合中文體例。特此說明。

3 1875年挪威幣制更改，100沃爾（ore）等於1克朗（Krone）。

4 原文spillefugl，由兩個字組成新創，spille意指「玩、浪費」，fugl為「鳥」，因為中文有「送子鳥」，此處翻譯為「送錢鳥」。

海爾默：對，從元旦開始。不過，薪水要等三個月後才發。

諾　拉：噗！這段時間，我們可以借錢啊。

海爾默：諾拉！（走過去，開玩笑地拉住她的耳朵）愚蠢的想法又跑出來了？要是今天我借了一千克朗，妳在聖誕節這週就全部花光光，然後在除夕夜，一塊屋瓦掉下來打到我的頭，我就躺在那裡——

諾　拉：（伸手遮住他的嘴巴）哦，噓！不要說這種可怕醜陋的話！

海爾默：嗯，萬一發生這樣的事——那怎麼辦？

諾　拉：萬一這麼可怕的事發生，那我有沒有欠錢都不重要了。

海爾默：也許吧，但那些借我們錢的人呢？

諾　拉：他們？誰管他們了！不過是陌生人。

海爾默：諾拉，諾拉，妳真是個女人！諾拉，說真的，不可以。妳知道我怎麼想的。不欠債！不借錢！一個家如果有貸款和債務，某種自由就消失了，因而某種美也不見了。我們兩個人都已經勇敢地撐到今天，現在還有需要，我們也要繼續下去。

諾　拉：（走向壁爐）對，對，托瓦德，你高興就好。

海爾默：（跟在諾拉後面）好啦，好啦，我的小雲雀翅膀不應該垂下來喔。嗯，怎麼了？我的小松鼠站在那裡悶悶不樂。（拿出皮夾）諾拉，猜猜看我有什麼？

諾　拉：（快速轉身）錢！

海爾默：拿去吧！（遞給她一些鈔票）哎呀！我當然知道聖誕節期間家裡的開銷一定會增加。

諾　拉：（數錢）十——二十——三十——四十。喔，托瓦德，謝謝你，謝謝你，這夠我用很久了。

海爾默：沒錯，妳一定要用很久。

諾　　拉：好，好，我保證！來這裡，我要你看看我買的每一樣東西。都很便宜哦！看，這是給伊瓦的新衣——還有一把劍。小馬和喇叭是買給鮑伯的。洋娃娃和娃娃床給艾瑪，都是很普通的東西，反正她沒多久就會將它們扯得稀爛。還有這些是給僕人們的洋裝布料、頭巾。老奶媽安瑪莉應該要得到更多禮物才是。

海爾默：那包裹裡頭是什麼？

諾　　拉：（尖叫）喔，托瓦德，晚上才可以看！

海爾默：好吧。那現在告訴我，妳這個小浪費鬼，想買什麼給自己？

諾　　拉：噗！給我自己？我什麼都不想要。

海爾默：喔，妳當然想。告訴我，什麼東西是——合理範圍內——妳最想要的。

諾　　拉：喔，我真的不知道。托瓦德，聽著——

海爾默：嗯？

諾　　拉：（沒有看著托瓦德，撫弄他的外套釦子）如果你想要送我東西，那你可以——，可以——

海爾默：好啦，就說出來吧。

諾　　拉：（匆促地）托瓦德，你可以給我錢。你能給多少就給多少，改天我會用這筆錢去買。

海爾默：可是，諾拉——

諾　　拉：喔，好啦，親愛的托瓦德，就這樣嘛！拜託你。我會用漂亮的金色包裝紙將鈔票包起來掛在聖誕樹上。不是很好玩嗎？

海爾默：那些總是亂花錢的鳥兒叫什麼來著？

諾　　拉：噢，對，送錢鳥，我知道。托瓦德，就照我說的做嘛，那我就有時間仔細決定我最需要什麼。這不是很合理嗎？嗯？

海爾默：（微笑）是，的確是。也就是說，如果妳真的有好好守住我給妳的錢，也真的有用它買東西給妳自己。可是，妳會把錢花在家裡和很多沒用的東西上頭，那我還不是要再掏出更多錢。

諾　拉：喔，托瓦德——

海爾默：我親愛的小諾拉，不要否認。（手環抱諾拉的腰）我的送錢鳥很可愛，但花的錢多到嚇人。真令人難以相信男人養隻送錢鳥要這麼貴。

諾　拉：喔噓，你怎麼可以那麼說？我真的能省的都省了。

海爾默：（笑出來）沒錯，是真的。一切妳能省的。只不過，妳沒什麼是能省的。

諾　拉：（低聲哼歌，帶著寧靜滿足的微笑）嗯，托瓦德，真希望你知道我們小雲雀、小松鼠所需要的開銷。

海爾默：妳這古怪的小東西。就跟妳父親一樣。總是到處弄錢，不過，錢一到手就從指縫溜走了，都不知道怎麼花掉的。唉，我們必須接受妳的樣子。誰叫妳天生血液就是如此。喔，沒錯，諾拉，這是會遺傳的。

諾　拉：唉，但願我遺傳到爸爸更多的特質。

海爾默：我甜美的小雲雀，我不希望妳有任何的改變。嗯，聽著，我突然想到。妳今天看起來非常——怎麼說的？——看起來非常可疑——

諾　拉：有嗎？

海爾默：絕對有。看著我的眼睛。

諾　拉：（看著他）嗯？

海爾默：（告誡地搖搖了手指）我的小甜嘴，[5]今天沒有在鎮上胡作非為吧？

諾　拉：沒有，你怎麼會這樣想？

海爾默：我的小甜嘴真的沒有繞到糕餅店？

諾　拉：沒有，托瓦德，我向你保證——

海爾默：沒有偷咬一小口糕餅？

諾　拉：沒有，絕對沒有。

海爾默：也沒有嚼一兩塊蛋白杏仁餅？

諾　拉：沒有，托瓦德，我保證，真的——

海爾默：好啦，好啦，當然，我只是在開玩笑——

諾　拉：（走到右邊的桌子）我從來沒想過要違背你。

海爾默：是，我知道，妳也答應過我——。（向她靠近）好啦，親愛的諾拉，妳就留著妳的聖誕祕密。晚上聖誕樹點亮後，我想祕密就會見到天日了。

諾　拉：你記得邀請藍克醫生了嗎？

海爾默：沒有。也不需要，他自然是要和我們一起用餐的。晚一點他會來，也好，到時我邀請他。我已經訂了些好酒。諾拉，妳無法想像我有多期盼今晚。

諾　拉：我也是。托瓦德，孩子們會玩得多開心啊！

海爾默：啊，想到能有個穩固的職位，還有優渥的薪水，真令人滿足。光想到就很快樂，對不對？

諾　拉：喔，太美妙了！

海爾默：記得去年聖誕節嗎？整整三個禮拜，妳每天晚上把自己關在房裡直到三更半夜，忙著做各種裝飾聖誕樹的

5　此處原文「slikmunden」直譯為「糖果嘴、甜嘴」，與英文的「sweet tooth」（甜牙齒）同，意指愛吃甜食的人，但是本處在語法上，並不是使用「某人有甜嘴」（功用是形容詞），而是直接成為代替諾拉的名詞，這絕對是易卜生刻意的安排。海爾默對諾拉的諸多暱稱顯示他視後者為小孩、動物和物品。

花和要讓我們驚喜的東西。哎呀，那是我人生中最無聊的日子。

諾　　拉：我一點都不覺得無聊。

海 爾 默：（微笑）諾拉，不過結果很慘。

諾　　拉：喔，現在你又要再嘲弄我了。貓咪跑進來將所有的東西都撕成碎片，我能怎麼辦？

海 爾 默：是，我可憐的小諾拉，妳當然不能怎麼辦。妳是那麼熱切地想要讓我們快樂，這份心意最重要。還好艱困的時刻都過去了。

諾　　拉：是啊，真的是太美妙了！

海 爾 默：現在我再也不必一個人無聊地坐在這裡，而妳，也不必再勞累妳美麗的眼睛和可愛的小手——

諾　　拉：（拍手）啊，托瓦德，真是這樣？不必了？喔，聽你這麼說，真是太美妙了！（握住他的手臂）現在我要告訴你我們該如何計劃。聖誕節後——（門鈴響）喔，門鈴在響。（稍微整理房間）一定有人來訪。真令人討厭。

海 爾 默：記住，有訪客，說我不在。

女　　僕：（站在通往前廳的門）太太，有位陌生的女士——

諾　　拉：好，請她進來。

女　　僕：（對海爾默）醫生也剛到。

海 爾 默：他直接到我的書房了嗎？

女　　僕：是。

（海爾默進入他的房間。女僕帶著穿著旅人服裝的林德太太進來，並隨後關上門。）

林德太太：（緊張、有點猶豫的語調）諾拉，妳好。

諾　　拉：（不確定）妳好。

林德太太：妳可能不認得我了。

諾　　拉：嗯，不認得——等一下，我想想——（驚呼）啊！克莉絲汀！真的是妳嗎？

林德太太：對，是我。

諾　　拉：克莉絲汀！我竟然認不出妳！我怎麼會——（較輕聲）克莉絲汀，妳變好多！

林德太太：是啊，我的確變了。都九年——十年了——

諾　　拉：我們這麼久沒見面了？對耶，真的是。噢，過去這八年是段快樂的時光，真的。現在妳也進城來了？在冬天這樣長途旅行。很勇敢。

林德太太：我今早才剛搭船到。

諾　　拉：一定是來這裡過聖誕節的。啊，太好了！嗯，我們會玩得很開心。把外套脫下來。妳不會覺得冷吧？（幫她）來，我們坐到壁爐旁比較舒適。不，妳坐那邊的扶手椅！我坐這搖椅。（抓住她的手）嗯，妳現在又恢復以前的樣子了，就只是剛剛一下子——。不過，克莉絲汀，妳臉色蒼白了些——也許瘦了些。

林德太太：諾拉，我還老了好多好多。

諾　　拉：嗯，也許是有一點，只有一丁點，絕對沒有很多。（突然停下，嚴肅地說）啊！我真的是太不體貼了，自己說個不停。我的好克莉絲汀，妳能原諒我嗎？

林德太太：諾拉，原諒什麼？

諾　　拉：（輕聲地）可憐的克莉絲汀，妳成為寡婦了。

林德太太：嗯，三年前。

諾　　拉：噢，我確實知道，我在報紙上看到的。喔，克莉絲汀，妳一定要相信我，那時我常想要寫信給妳，可是我老是拖延，總有事情干擾。

林德太太：親愛的諾拉，我完全了解。

諾　　拉：不，克莉絲汀，是我不好。妳好可憐喔，妳一定吃了不少苦。——他什麼都沒留給妳嗎？

林德太太：沒有。

諾　　拉：也沒有小孩？

林德太太：沒有。

諾　　拉：那就什麼都沒有？

林德太太：連悲傷或失落感也沒有。

諾　　拉：（難以置信地看著她）噢，克莉絲汀，怎麼可能？

林德太太：（疲累地微笑，撫平頭髮）唉，諾拉，事情有時候就是這樣。

諾　　拉：這麼孤零零一個人。妳一定很難受。我有三個可愛的小孩。他們跟保母出去了，妳看不到他們。現在妳必須告訴我妳所有的事——

林德太太：不，不，不。我聽妳說。

諾　　拉：不，妳先開始。我今天不可以自私。我今天就只要談有關妳的事。不過，有件事，我一定得告訴妳。妳知道我們最近發生很幸運的事嗎？

林德太太：不知道，是什麼？

諾　　拉：告訴妳，我先生被升為商業銀行經理了！

林德太太：妳先生？真是好運——！

諾　　拉：是啊，天大的好運！律師的收入不穩定，尤其是如果又不接不乾淨和不適當的案子。托瓦德當然是絕不會接，我也完全支持他。喔，妳可以想像我們有多高興期待！一過完年，他就會到銀行報到，開始領高薪和大筆的佣金。現在起，我們可以過跟以前不一樣的生活——想怎樣就怎樣。喔，克莉絲汀，我覺得好輕鬆，好快樂！噢，能夠有很多的錢又不必擔心，真是美好！對不對？

林德太太：嗯，能滿足生活需要是很美好。

諾　　拉：不，不只是生活所需，而是很多很多的錢！

林德太太：（微笑）諾拉，諾拉，妳還是沒學會理智點嗎？我們讀書的時候，妳就是個愛隨意花錢的人。

諾　　拉：（微笑）是啊，托瓦德也是這麼說。（搖晃食指）但是「諾拉，諾拉」已經不像你們想的那麼傻了。——我們家的環境沒辦法讓我亂花錢。我們兩個都得工作。

林德太太：妳也要？

諾　　拉：對啊，零星的工作，像是針線活、編織、刺繡之類的，（若無其事地）還有其他雜事。托瓦德結婚後就離開政府部門的工作，妳記得吧？在那裡沒有升遷的機會，他又得比以前賺更多的錢。第一年他拚命工作。妳可以想像，他必須賺各種外快，從早忙到晚。結果操勞過度，病倒了。醫生說他必須到南方去休養。

林德太太：記得。你們不是在義大利住了一整年嗎？

諾　　拉：是啊。妳知道，要離開去度假並不容易。那時伊瓦剛出生。我們又非去不可。喔，那是趟美妙的旅行。而且救了托瓦德的命。可是，克莉絲汀，花費高得可怕。

林德太太：我可以想見。

諾　　拉：總共花了一千兩百斯貝，[6]等於四千八百克朗。真的是很大一筆錢。

---

[6] 1875年開始使用幣制kroner（克朗），之前為speciedaler（斯貝），一斯貝等於四克朗。在1870年，男性教師一年約賺250斯貝，參見Dawkin & Skuggevik, p.ix.

林德太太：沒錯，不過，在這樣的情況下，妳有一筆錢可以應急真是幸運。

諾　　拉：嗯，我得告訴妳，是我爸爸給我們這筆錢。

林德太太：原來如此。我記得妳父親大概也是那時候過世的。

諾　　拉：對，克莉絲汀，差不多是。妳可以想像，我甚至沒辦法去照顧他。我得待在這裡等小伊瓦生出來。還有生病的托瓦德要照顧。我最親愛的爸爸！克莉絲汀，我再也沒有見到他。啊，那是我結婚後，最傷心的一段日子。

林德太太：我知道妳很愛他。然後，你們就去義大利了？

諾　　拉：對，我們有了旅費，醫生也一再催促。所以一個月後我們就出發了。

林德太太：回來的時候，妳先生完全康復了？

諾　　拉：壯的跟牛一樣！

林德太太：可是——那位醫生？

諾　　拉：妳說誰？

林德太太：就是剛剛跟我一起進來的那一位先生，我記得女僕說他是醫生。

諾　　拉：是，那是藍克醫生——但他不是來看診的。他是我們家最親近的朋友，每天至少都會來一次。托瓦德從度假回來後，就再也沒有生過一次病。孩子們也很健康，我也是。（跳起來，拍手）噢！天啊，克莉絲汀，快樂地活著是多麼美妙啊！——喔，可是，我真差勁——我又說自己的事說個沒完。（坐在克莉絲汀旁的凳子上，手臂放在她的膝蓋上）噢，千萬不要生我的氣喔！——告訴我，妳真的不愛妳先生嗎？那妳為什麼要嫁給他？

林德太太：我母親那時還活著，她無助地臥病在床。我還有兩個年幼的弟弟要照養。我沒有理由拒絕他的求婚。

諾　　拉：是，也許妳是對的。他那時有錢嗎？

林德太太：我相信，他那時候蠻不錯的。諾拉，不過，他的事業並不穩固。他死的時候，就全都垮掉了，什麼都沒留下。

諾　　拉：後來呢——？

林德太太：嗯，我得想辦法養活自己，顧店、教書，[7]任何我可以找到的工作都做。過去三年，就像是個漫長、沒有片刻喘息的工作天。諾拉，現在都結束了。我可憐的母親不需要我了，因為她走了。弟弟們也不需要我了，他們現在都有工作可以照顧自己。

諾　　拉：妳現在一定覺得輕鬆多了——

林德太太：不。只有難以形容的空虛。我沒有人可以為他付出。（焦慮地站起來）這就是為什麼我再也無法待在那荒涼的小地方。也許這裡比較容易找到工作，讓我忙碌不要胡思亂想。但願我運氣夠好，可以找到穩定的工作，坐辦公室之類的——

諾　　拉：噢，可是克莉絲汀，那很累人，何況妳看起來已經累壞了。如果妳能夠到溫泉區度個假會比較好。[8]

林德太太：（走向窗邊）諾拉，我可沒有一個能給我旅費的爸爸。

諾　　拉：（起身）喔，不要生我的氣嘛！

林德太太：（走向她）親愛的諾拉，我才該請妳不要生我的氣。在我這樣的處境，最糟糕的是，變得尖酸刻薄。你沒

7　教書是當時中層和上層階級婦女少數被社會接受的工作，而中層階級婦女也可能在商店和辦公室工作。參見Dawkin & Skuggevik，註釋17。

8　第一家挪威溫泉在1837年開幕，其他家很快相繼開張，被用來治療身體和心理疾病。參見Dawkin & Skuggevik，註釋18。

有人可以為他奮鬥，卻又必須為自己隨時抓緊各種機會。你要活下去，就會變得自私。剛剛妳告訴我你們人生的好運時——妳相信嗎？——其實我替我自己感到高興，超過替你們高興？

諾　　拉：怎麼說呢？喔，我懂了。妳在想托瓦德或許可以幫妳的忙。

林德太太：沒錯，我就是那樣想的。

諾　　拉：克莉絲汀，他會的。讓我來想辦法。我會不著痕跡地提起——我會想些有趣好聽的話讓他高興。啊，我多麼想幫助妳。

林德太太：諾拉，妳人真的太好了，這麼熱心要幫我——尤其是妳自己幾乎不知道人間的困苦，更顯得難能可貴。

諾　　拉：我——？不知道——？

林德太太：（微笑）哎呀，我的天啊，一點針線活之類的——諾拉，妳還是個孩子。

諾　　拉：（甩頭，在房間踱步）妳不應該一副比我優越的樣子。

林德太太：喔？

諾　　拉：妳跟其他人一樣。都認為我沒辦法處理正經事——

林德太太：哎呀——

諾　　拉：——以為我從來沒有經歷過一丁點這艱難的世界。

林德太太：親愛的諾拉，剛剛妳才告訴我妳所有的煩惱。

諾　　拉：噗——那些小事！（輕聲地）我還沒告訴妳大事。

林德太太：大事？什麼意思？

諾　　拉：克莉絲汀，妳很瞧不起我，真的不應該。妳很驕傲妳為了妳的母親，這麼多年都賣力工作。

林德太太：我沒有看不起任何人。但說真的，想到我能讓我母親沒煩惱地過完最後的日子，我很驕傲，也很快樂。

諾　　拉：想到妳為妳弟弟們所做的一切，妳也感到很驕傲吧。

林德太太：我想我有權力。

諾　　拉：我也這麼覺得。克莉絲汀，我跟妳講，我也有讓我感到驕傲和快樂的事。

林德太太：我毫不懷疑。是什麼事？

諾　　拉：小聲點，要是托瓦德聽到怎麼辦！無論如何絕不可以讓他知道——。克莉絲汀，沒有人可以知道，除了妳，都不可以。

林德太太：那究竟是什麼事呢？

諾　　拉：過來。（拉著她在身邊坐下）嗯，克莉絲汀——我也有感到驕傲和快樂的事情。是我救了托瓦德的命。

林德太太：救——？怎麼救的——？

諾　　拉：我跟妳說過到義大利旅行的事。要是我們沒有去，托瓦德根本活不了——

林德太太：嗯，對。所以妳父親給妳需要的旅費——

諾　　拉：（微笑）是啊，托瓦德和其他人都這樣想，但是——

林德太太：但是——？

諾　　拉：爸爸一毛錢也沒有給我們。錢都是我自己籌的。

林德太太：妳？那麼一大筆錢？

諾　　拉：一千兩百斯貝，四千八百克朗。妳怎麼說？

林德太太：啊，諾拉，這怎麼可能？妳中樂透了？

諾　　拉：（輕蔑地）樂透？（鼻子噴氣作聲）那算什麼本事？

林德太太：那妳從哪弄到的？

諾　　拉：（哼著歌，臉上掛著神祕的微笑）嗯，啦啦啦啦！

林德太太：妳不可能是借的。

諾　　拉：喔？為什麼不？

林德太太：不行，沒有丈夫的同意，妻子是不能借錢的。

諾　　拉：（得意甩頭）喔，要是那個妻子有點生意頭腦——那個妻子知道如何聰明地安排，那——

林德太太：諾拉，我不懂——

諾　　拉：妳不必懂。我可沒說我借錢。我可能有別的方法。（向後靠到沙發上）可能我是從某個仰慕者那裡拿到的。像我這麼有魅力的女人——

林德太太：妳瘋了。

諾　　拉：克莉絲汀，現在妳大概非常好奇吧？

林德太太：噢，親愛的諾拉，聽著——妳沒做什麼輕率的事吧？

諾　　拉：（坐直身子）救丈夫的性命是輕率的事嗎？

林德太太：我認為沒有讓他知道是輕率的——

諾　　拉：但他就是不能知道啊！我的天啊，妳不懂嗎？他連自己病情嚴重也不知道。醫生找的人是我，跟我說他有生命危險，只有到南方休養才能救他一命。妳不會以為我一開始沒有設法哄騙他吧？我跟他說要是能像其他年輕的太太一樣到國外旅遊，該有多好。我邊哭邊哀求。我跟他說，他要記得我的情況，他必須要體貼我、順我的意。然後我暗示他，他可以去貸款。可是，克莉絲汀，一聽到這，他幾乎氣炸了。他說我太愚蠢輕浮，還說身為丈夫，他的責任就是不該滿足我的胡思亂想——我記得他是這麼說的。我心裡想：嗯，好吧，必須救你的命——所以我就找到出路了——

林德太太：妳先生沒有從妳父親那邊發現錢不是他借的嗎？

諾　　拉：對，從來沒有。我爸差不多在那時候過世。我原本有打算跟他說這件事，並拜託他保密。可是他那時候病得很嚴重——然後，很遺憾，也就沒有必要了。

林德太太：妳也從來沒有跟妳先生提起過這件事嗎？

諾　　拉：沒有，老天啊，妳怎麼會這麼想？他對借錢這事很嚴格。更何況——以托瓦德他男性的自尊——要是他發現他虧欠我什麼，那他會感到多麼難堪和羞辱。那會破壞我們的夫妻關係，我們美滿快樂的家就會變了樣。

林德太太：妳永遠都不會跟他說嗎？

諾　　拉：（深思著，微微笑地說）會——也許有一天——很多年以後，當我不像現在這麼漂亮。不要笑！我的意思是，當托瓦德不再像現在這麼愛我，不再覺得我為他跳舞、裝扮和朗讀很有樂趣。到時候，手中有個籌碼可能很好——（突然中斷）喔，蠢話，蠢話！那天永遠不會到來的。——嗯，克莉絲汀，妳覺得我的大祕密怎麼樣？我有做事的能力吧？——妳可以想見，這件事讓我很煩心。要準時還債對我來說並不容易。我跟妳說，商業界有所謂按季付息、分期付款之類的，這些真的很難應付。我必須要東湊一點錢、西湊一點錢，能省則省，妳知道的。我幾乎沒辦法從家用中挪些錢，因為托瓦德要生活過得舒適。我也不能讓我的孩子們穿得寒酸；給孩子們用的錢，就要全花在他們身上。這些可愛的小寶貝！

林德太太：我可憐的諾拉，所以妳都是省下妳的開銷來還債嗎？

諾　　拉：是啊，當然。我也是最該負責的人。每一次托瓦德給我錢買新衣服或這類的，我從來不會用超過一半，我總是買最簡單、最便宜的。真是上天保佑，每一件衣服穿在我身上看起來都很好看，所以托瓦德從沒發現。可是，克莉絲汀，這常常讓我感到難受，誰不喜歡穿得漂漂亮亮。是不是？

林德太太：噢，當然是。

諾　　拉：嗯，我還有別的賺錢的方法。去年冬天，我很幸運接到很多抄寫的工作，我把自己鎖在房間裡，每天從傍晚一直抄寫到深夜。唉，好幾次我覺得很累很累。但是，能夠坐著像那樣工作賺錢，我還是覺得很有趣。簡直就好像我是個男人。

林德太太：那這樣妳還了多少錢？

諾　　拉：嗯，我沒辦法說得精準。這些帳目，妳知道的，很難去搞清楚。我只知道我把我能攢下來的每一分錢都用來還債了。有好幾次我想不出辦法了。（微笑）我就會坐在這裡，開始幻想一位有錢的老紳士愛上我——

林德太太：什麼！他是誰？

諾　　拉：噢，噗！——他死了，當他們打開他的遺囑，上面用大大的字體寫著：「我所有的財產全換成現金，立刻支付給那迷人的諾拉・海爾默太太。」

林德太太：親愛的諾拉，那個老紳士到底是誰？

諾　　拉：天啊，妳還不懂嗎？根本就沒有這個老紳士。那只是我想不到方法籌錢的時候，坐在這裡一再幻想出來的。但現在沒差了，這位老人家要去哪裡，我都不在乎。我不用管他或他的遺囑，因為現在我沒有煩惱！（跳起來）噢，克莉絲汀，光想到就覺得很美好！可以無憂無慮，完全不用擔憂；可以快樂地奔跑、和孩子們一起玩樂；可以維持一個美麗、可愛的家，一切都是托瓦德喜歡的樣子！想想看，春天即將到來，又大又藍的天空，到時候說不定我們可以有個小旅行。或許我還能再看到海洋。噢！能快樂地活著真是太美妙了！（大門門鈴響起）

林德太太：（站起來）門鈴響了。也許我該走了。
諾　　拉：不，留下來。沒有人會來這裡。一定是來找托瓦德的。
女　　僕：（在通往前廳的門口）不好意思，太太——有一位先生想要見律師——
諾　　拉：妳指的是，銀行經理。
女　　僕：是的，見銀行經理。但我不知道該怎麼辦——因為醫生跟他在裡頭——
諾　　拉：那位先生是誰？
克洛斯塔：（在通往前廳的門口）海爾默太太，是我。

（林德太太嚇了一跳，轉身朝向窗戶。）

諾　　拉：（緊張地走近他，悄悄地說）你？有什麼事？你想跟我先生說什麼？
克洛斯塔：銀行的事——算是吧。我在商業銀行有個小小的職位，聽說妳先生將成為我們的新上司——
諾　　拉：所以——
克洛斯塔：海爾默太太，只是談些枯燥的公事，沒有別的。
諾　　拉：好，那麻煩請你先到書房。（她冷漠地點了點頭，關上通往前廳的門。然後走回來撥弄壁爐的柴火。）
林德太太：諾拉——那男人是誰？
諾　　拉：一個叫克洛斯塔的律師。
林德太太：真的是他。
諾　　拉：妳認識那個人嗎？
林德太太：以前認識，很多年前的事了。那時他在我們鎮上的一家法律事務所當助理。
諾　　拉：啊對，他的確做過。

林德太太：他變了好多。

諾　　拉：我知道，他婚姻很不美滿。

林德太太：他太太過世了，是吧？

諾　　拉：留下許多孩子。好啦，火旺起來了。（她關上壁爐的門，然後把搖椅稍微往旁挪一些。）

林德太太：聽說他做過各種不同的工作。

諾　　拉：喔？可能吧，我不會知道——。我們不要再想工作的事了，很無趣。

（藍克醫生從海爾默的書房走出來。）

藍克醫生：（在門口停住）海爾默，不，我不想要打擾你，我寧可去和你太太聊一下。（關上門，注意到林德太太）噢，真是抱歉。我好像也打擾到妳們了。

諾　　拉：不，一點也不會。（介紹彼此）這是藍克醫生。這是林德太太。

藍克醫生：啊哈。這房子裡常聽到的名字。我相信我走樓梯時，和妳擦身而過。

林德太太：是啊。我走樓梯走得慢，對我有點吃力。

藍克醫生：啊，也許內部有點腐爛。

林德太太：其實是過度勞累。

藍克醫生：沒別的？所以妳是進城來參加宴會好好放鬆的吧？

林德太太：我是來找工作的。

藍克醫生：那是治療過勞的有效處方嗎？

林德太太：醫生，人總要活下去。

藍克醫生：是啊，一般人確實是這樣想的。

諾　　拉：噢拜託，藍克醫生——你也跟別人一樣想要活下去。

藍克醫生：是啊，當然。雖然我很悲慘，我還是寧願繼續被折磨，越久越好。我所有的病人也都是這樣。那些道德上有病的人也是一樣。現在，就有個道德有病的人正在海爾默的書房——。

林德太太：（輕聲地）啊！

諾　　拉：什麼意思？

藍克醫生：噢，克洛斯塔律師，一個妳不認識的人。海爾默太太，他腐爛到骨子裡。連他也在那裡慎重其事地談論他必須要活下來。

諾　　拉：噢？他想和托瓦德談什麼？

藍克醫生：我不清楚。只聽到是有關商業銀行的事。

諾　　拉：我不知道克洛——那個叫克洛斯塔的律師和商業銀行有什麼關係。

藍克醫生：哦，他在那裡有個職位。（對林德太太說）我不知道妳的生活圈是否也有這樣的人，氣喘吁吁地四處奔走，想要聞出道德腐敗的氣味，就為了讓當事人入院觀察，還放在一個有利的好位子。反而是健康的人得忍受被排除在外。

林德太太：但是，病人還是最應該被收治的人。

藍克醫生：（聳聳肩）是啊，那就對了。就是這個想法把整個社會變成療養院。（諾拉陷入沈思，突然低聲笑，並拍著手。）

藍克醫生：那有什麼好笑的？妳真的知道社會是什麼嗎？

諾　　拉：我才不在乎什麼無趣的社會？我笑的是完全不同的事——某件非常有趣的事——藍克醫生，告訴我——是不是現在商業銀行的雇員都得依賴托瓦德呢？

藍克醫生：這讓妳覺得很有趣？

諾　　拉：（一邊笑一邊哼著歌）沒事！沒事！（踱步）嗯，真是太令人高興了，一想到我們對——托瓦德對這麼多人有影響力。（從口袋拿出餅乾袋）藍克醫生，來塊蛋白杏仁餅。

藍克醫生：哦，蛋白杏仁餅。我以為在這裡是違禁品。

諾　　拉：是啊，但這些是克莉絲汀給我的。

林德太太：什麼？我——？

諾　　拉：哎呀，好了，別擔心。妳又不可能知道托瓦德禁止我吃它們。跟妳說，他是怕我吃了會蛀牙。可是，噗——就這麼一次——！藍克醫生，你說是不是？這給你！（放了塊蛋白杏仁餅到他嘴裡）克莉絲汀，妳也來一塊。我也來一塊，就只吃一小塊——最多兩塊。（又走來走去）啊，我真的太開心了。現在世界上只有一件事我非常想做。

藍克醫生：喔？是什麼？

諾　　拉：是某個我很想說出口，讓托瓦德能聽到的。

藍克醫生：那妳為什麼不說？

諾　　拉：不，我不敢，因為很醜陋。

林德太太：醜陋？

藍克醫生：噢，那就不建議。但妳當然可以跟我們說——。到底是什麼妳很想說，讓海爾默聽到的？

諾　　拉：我很想說：該死！

藍克醫生：妳瘋了嗎！

林德太太：天啊，諾拉——！

藍克醫生：說吧。他來了。

諾　　拉：（把蛋白杏仁餅藏起來）噓，噓，噓！

（海爾默從書房出來，手拿著帽子，手臂上披掛著外套。）

諾　　拉：（迎上前）喔，親愛的托瓦德，你擺脫他了？
海 爾 默：是啊，他剛走。
諾　　拉：我跟你介紹——這是克莉絲汀，她剛到城裡。
海 爾 默：克莉絲汀——？抱歉，恐怕我不——
諾　　拉：親愛的托瓦德，這是林德太太，克莉絲汀・林德太太。
海 爾 默：啊對。我想，是我太太小時候的朋友吧？
林德太太：是的，我們從小認識。
諾　　拉：你看，她大老遠到這裡來，就為了和你談談。
海 爾 默：怎麼說？
林德太太：哦，不完全是——。
諾　　拉：克莉絲汀很擅長辦公室的工作，所以她非常渴望能在一個有能力的人底下工作，好學習更多事情——。
海 爾 默：林德太太，很明智。
諾　　拉：她一聽說你當上銀行經理——電報傳出的消息——她就以最快的速度趕到這裡——。托瓦德，看在我的份上，你可以替克莉絲汀做個安排？好不好嘛？
海 爾 默：嗯，不是不可能。林德太太，我想妳先生過世了？
林德太太：是的。
海 爾 默：妳有辦公室工作的經驗嗎？
林德太太：有，相當多。
海 爾 默：好，很可能我可以給妳安插個職位——
諾　　拉：（拍手）妳看！妳看！
海 爾 默：林德太太，妳正好來對時候——
林德太太：喔，我該怎麼感謝你呢——？

海爾默：真的沒有必要。（把手臂上的外套穿上）不過，現在我得先失陪——

藍克醫生：等等，我跟你一起走。（到前廳拿外套，然後在壁爐旁烘暖）

諾拉：親愛的托瓦德，別在外面待太久。

海爾默：大概一小時，不會超過。

諾拉：克莉絲汀，妳也要走了嗎？。

林德太太：（穿上她的外套）是啊，我得去找個住宿的地方。

海爾默：那我們就都一起走吧。

諾拉：（幫她穿上大衣）真是不好意思，我們家很擠，沒辦法——。

林德太太：噢，千萬別這麼想！親愛的諾拉，再見，謝謝妳所做的一切。

諾拉：就先再見囉！當然，妳今晚一定要再來。藍克醫生，你也是。嗯，你說什麼？如果身體都還好的話？噢，你一定沒問題的，只要把自己包起來穿暖和點。（他們一行人邊聊天邊往前廳走。孩子們的聲音從外面的樓梯上傳來。）

諾拉：他們回來了！他們回來了！（她跑去把門打開，孩子們與保母安瑪莉一起進來。）進來！快進來！（蹲下親吻他們）噢，我的寶貝小天使——！克莉絲汀，妳看到他們了嗎？是不是很可愛啊！

藍克醫生：不要逗留在風口。

海爾默：林德太太，走吧，這地方只有當媽媽的受得了。

（藍克醫生、海爾默和林德太太走下樓梯。保母和孩子們走進客廳，諾拉隨後，並把往前廳的門關上。）

諾　　拉：你們看起來精神真好。噢，臉頰紅通通的！像蘋果和玫瑰。（下面這一段話，孩子們不斷地插嘴。）你們玩得很開心？真是太好了。真的？你拉艾瑪和鮑伯坐雪橇？什麼，兩個一起！好厲害！嗯，伊瓦，你真是聰明的男孩。喔，安瑪莉，讓我抱她一下。我可愛的小寶貝娃娃！（從保母那抱起最小的孩子，並與她一起跳舞）好的，好的，媽咪也會跟鮑伯一起跳舞。什麼？你們丟雪球嗎？噢，真希望我也在那裡！安瑪莉，不用麻煩，我自己會幫他們脫外套。喔，沒關係，讓我來吧，這很好玩。妳進去休息，看妳都快凍僵了。爐子上有熱咖啡，是留給妳的。（保母走進左邊房間。諾拉脫掉孩子們的冬衣，丟在一邊，孩子們七嘴八舌地同時跟她講話。）真的啊？一隻大狗追著你跑？沒有咬你？不會，狗狗從不會咬可愛的寶貝娃娃。伊瓦，不要偷看包裹裡的東西！那是什麼？噢，我敢說你們很想知道。不行，不能打開，裡頭是個可怕的東西！喔，想玩遊戲嗎？我們要玩什麼呢？躲貓貓？好！我們就來玩躲貓貓。鮑伯先躲起來。我要先躲嗎？好，那讓我先躲囉。（她和孩子們大笑大叫，在客廳和右邊的房間跑進跑出地玩。最後，諾拉躲在桌子下。孩子們衝進房間，但找不到她，聽見她低沉的笑聲，衝到桌邊，掀起桌布，發現她。高興大聲地叫喊。她偷偷摸摸地爬向前，假裝要嚇孩子們。又是一陣高興大叫。此時，大門傳來敲門聲，沒有人注意到。門被打開一半，克洛斯塔出現。他等了一會兒，遊戲繼續進行中。）

克洛斯塔：海爾默太太，不好意思——。

諾　　拉：（壓抑地尖叫，轉身跪起）啊！你有什麼事嗎？

克洛斯塔：抱歉，外面的門半開著，一定是有人忘了把門關上——。

諾　　拉：（站起來）克洛斯塔先生，我先生不在家。

克洛斯塔：我知道。

諾　　拉：喔——那你想做什麼？

克洛斯塔：跟妳談一談。

諾　　拉：跟——？（輕聲對孩子們說）進去找安瑪莉。什麼？不會，這陌生人不會傷害媽咪。等他走了後，我們再來玩。

（她引導孩子進去左邊的房間，隨後把門關上。）

諾　　拉：（緊張、不安）你想跟我談談？

克洛斯塔：對，沒錯。

諾　　拉：今天——？可是還沒到一號啊？

克洛斯塔：還沒，今天是聖誕夜。妳會不會有個快樂的聖誕節，就看妳了。

諾　　拉：你到底要做什麼？今天我絕對不可能——

克洛斯塔：我們等一下再來談那件事，現在要說的是別的。我想，妳可以給我一點時間吧？

諾　　拉：喔，可以，當然可以，雖然——

克洛斯塔：那好。剛剛我在沃森餐廳，看見妳先生從街上走過去——

諾　　拉：嗯，對。

克洛斯塔：——跟一位女士一起。

諾　　拉：所以呢？

克洛斯塔：我可以冒昧地請問：那是林德太太嗎？

諾　　拉：是。

克洛斯塔：她才剛進城？

諾　　拉：對，今天。

克洛斯塔：她是妳的好朋友嗎？

諾　　拉：是，她是，不過我不明白——。

克洛斯塔：我也曾經認識她。

諾　　拉：我知道。

克洛斯塔：喔？那妳知道所有的事情了。我想也是。嗯，我就不拐彎抹角了：林德太太是不是要到商業銀行工作？

諾　　拉：克洛斯塔先生，你，是我先生的一個下屬，怎麼會認為你可以質問我呢？不過，既然你問了，就告訴你：沒錯，林德太太會到銀行工作。克洛斯塔先生，是我替她爭取到的。現在你知道了。

克洛斯塔：果然沒猜錯。

諾　　拉：（來回走來走去）喔，我想，人總會有一點點影響力的。不要因為對方是個女人，就以為——。克洛斯塔先生，作為下屬，就應該要小心不要冒犯那些——嗯——

克洛斯塔：——有影響力的人？

諾　　拉：沒錯，正是如此。

克洛斯塔：（改變語氣）海爾默太太，妳可不可以行行好，運用妳的影響力替我說話呢？

諾　　拉：什麼？你是什麼意思？

克洛斯塔：能不能請妳幫我保住我在銀行下屬的職位？

諾　　拉：什麼意思？是誰想搶你的位置？

克洛斯塔：喔，別跟我裝無辜了。我很清楚妳的那位朋友絕不會想再遇見我。我也明白我被開除該感謝誰了。

諾　　拉：但我跟你保證——

克洛斯塔：好，好，好，重點是：妳還有時間，我建議妳運用妳的影響力阻止這件事。

諾　　拉：可是，克洛斯塔先生，我根本沒有影響力啊。

克洛斯塔：妳沒有？我以為妳自己剛剛才說——

諾　　拉：那些話當然不是字面上的意思。我！你怎麼可能相信我有辦法影響我先生？

克洛斯塔：喔，我從學生時代就認識妳丈夫了。我並不認為這位銀行經理比其他丈夫更堅定。

諾　　拉：要是你再用這麼輕蔑的口吻說我先生，我會下逐客令。

克洛斯塔：這位女士很勇敢。

諾　　拉：我不再怕你了。過了新年，我很快就可以擺脫這一切。

克洛斯塔：（抑制住自己）海爾默太太，聽我說。如果必要，我會捍衛我在銀行小小的職位，就好像捍衛我的生命一樣。

諾　　拉：喔，看來似乎是這樣。

克洛斯塔：這不只是收入的問題，其實，錢對我是最無關緊要的。還有別的原因——好吧，我就坦白說！聽著，是這樣的。當然，你知道，就像大家都知道，幾年前，我做了魯莽的行為犯了錯。

諾　　拉：我聽說了。

克洛斯塔：那件案子沒鬧上法庭，但之後我到處吃閉門羹。所以我開始做妳知道的這行。我總要生活，我敢說我也不是最壞的。但是現在我想洗手不幹了。我的兒子們漸漸長大。為了他們，我必須贏回城裡人們對我的尊重。銀行的工作就是我往上爬的第一步。現在妳丈夫卻想要把我踹下階梯，讓我再掉回到爛泥巴裡。

諾　　拉：可是，天啊，克洛斯塔先生，你必須相信我，我真的幫不上忙。

克洛斯塔：那是因為妳不想，但我有辦法逼迫妳。

諾　　拉：你應該不會是要告訴我先生我欠你錢吧？

克洛斯塔：嗯，要是我告訴他呢？

諾　　拉：你那樣做很可恥。（快要哭出來）那個祕密，是我的喜悅和驕傲，而他竟然要以這麼醜陋、粗暴的方式知道——從你那裡知道！這會讓我非常不愉快——

克洛斯塔：只是不愉快嗎？

諾　　拉：（激動地）那你就去說。這樣對你更糟，因為到時我先生就會看清你是怎樣的無賴，你絕對無法保住你的工作。

克洛斯塔：我剛問的是，妳擔心的只是家庭不愉快嗎？

諾　　拉：如果我先生發現了，他一定會立刻還清我借的錢，那我們跟你就沒有瓜葛了。

克洛斯塔：（靠近一步）海爾默太太，聽好了——妳要不是記憶不好，就是對生意沒啥概念。我最好把事情解釋清楚一些。

諾　　拉：什麼意思？

克洛斯塔：妳丈夫生病，妳來找我要借一千兩百斯貝。

諾　　拉：我不認識其他人。

克洛斯塔：我答應幫妳弄到那個數目——

諾　　拉：你做到了。

克洛斯塔：我答應弄到那筆錢給妳是有條件的。當時妳的心思全放在妳丈夫的病情上，又非常急切地要籌措旅費，我猜妳沒有好好考量所有的細節。現在我提醒妳應該蠻適當的。聽著，我答應借妳錢是根據我擬訂的借據。

諾　　拉：對，我有簽名。

克洛斯塔：沒錯。可是在底下我加了幾行字，要妳父親作保證人。他應該要在那裡簽名。

諾　　拉：應該——？他的確簽了。

克洛斯塔：我把日期空白。也就是說，妳父親他會親自填寫簽名的日期。這位太太還記得嗎？[9]

諾　　拉：是，我相信——

克洛斯塔：然後我把借據給妳，好讓妳寄給妳父親。是不是這樣？

諾　　拉：是。

克洛斯塔：妳當然立刻就去進行了，因為五、六天後妳已經把簽好名字的借據拿來給我。然後我就付給妳錢。

諾　　拉：嗯，對，我不也都有按時還錢？

克洛斯塔：有，還不錯。不過——回到我們剛剛討論的——海爾默太太，妳當時日子一定很煎熬。

諾　　拉：的確是。

克洛斯塔：我相信妳父親當時病得很嚴重。

諾　　拉：他在垂死邊緣。

克洛斯塔：很快就走了？

諾　　拉：是的。

克洛斯塔：海爾默太太，告訴我，妳碰巧還記得妳父親去世的日子嗎？我的意思是幾月幾日。

諾　　拉：爸爸在九月二十九日過世。

克洛斯塔：非常正確。我已經查過了。那麼，這裡有個奇怪的地方，（拿出紙張）我完全無法明白。

---

[9] 原文使用第三人稱"Husker fruen"（女士記得嗎）的指稱，根據Dawkin和Skuggevik，通常表達禮貌，但有時則是傳達優越感和距離感。

諾　　拉：什麼奇怪的地方？我不知道——。

克洛斯塔：太太，奇怪的地方是這樣的：妳父親在他過世三天後簽了妳的借據。

諾　　拉：怎麼會？我不懂——

克洛斯塔：妳父親在九月二十九日過世。可是妳看這裡。妳父親簽名的日期是十月二日。太太，難道這不奇怪嗎？（諾拉沉默）妳能解釋給我聽嗎？（諾拉繼續保持沉默）另外也很奇怪的是，「十月二日」和年份並不是妳父親的筆跡，而是另一個人的筆跡，我想我知道是誰的。喔，這個倒好解釋。妳父親可能忘記寫日期，有人不曉得他已經死了，就隨便寫個日期補了上去。這沒有什麼嚴重性。重要的是簽名。海爾默太太，那是真的嗎？這裡是妳父親親筆簽的名嗎？

諾　　拉：（短暫沉默後，頭往後仰，堅定地正視他）不是。是我簽上爸爸的名字。

克洛斯塔：海爾默太太，聽好——妳明白這樣承認很危險吧？

諾　　拉：為什麼？你很快就會拿回你的錢。

克洛斯塔：我可以問妳一個問題嗎——為什麼不把借據寄給妳父親？

諾　　拉：不可能。爸爸病得很嚴重。如果我要請他簽名，就必須告訴他那筆錢的用途。他病得那樣重，我當然不能告訴他我先生生命有危險。根本不可能。

克洛斯塔：那妳當時應該要放棄出國旅行，對妳會比較好。

諾　　拉：不，不可能。那趟旅行是為了要救我先生的性命。我不能放棄。

克洛斯塔：妳從沒想過這是對我詐欺嗎？

諾　　拉：我沒辦法顧那麼多。也沒力氣理你。我受不了你，即使你知道我先生情況很危急，竟然還無情地處處刁難。

克洛斯塔：海爾默太太，很顯然妳不清楚自己犯了什麼罪。但我可以告訴妳：當年我做的事不會比妳的大，也不比妳的糟，而它毀掉我所有的名聲。

諾　　拉：你？你要我相信你曾經奮不顧身去救你太太的命？

克洛斯塔：法律不會追問動機。

諾　　拉：那，這樣的法律必定非常糟糕。

克洛斯塔：不管糟不糟，如果我把借據提到法庭，妳就會被依法審判。

諾　　拉：我才不相信。女兒難道沒有權利保護她垂死的父親，讓他不用焦慮擔心？妻子難道沒有權利拯救她丈夫的性命？我不太懂法律，但我很確定，一定有法條允許這樣的事情。你竟然會不知道，虧你還是個律師？克洛斯塔先生，你一定是個差勁的律師。

克洛斯塔：也許吧。但是生意往來——像妳和我進行的這種——妳覺得我會不清楚嗎？好吧。隨便妳。但我告訴妳：如果我又被推下去，妳會跟我作伴。（他鞠躬，從前廳走出去。）

諾　　拉：（沉思片刻，揚起頭）喔，胡扯——！想恐嚇我！我沒那麼愚蠢。（開始收拾孩子們的衣物，但很快停止）可是——？——不，那是不可能的！我這麼做是出於愛。

孩 子 們：（在左邊的門口）媽咪，那個陌生人走出去了。

諾　　拉：哦，是，我知道。不要跟別人說這個陌生人喔。聽到沒？連爸比都不可以喔！

孩 子 們：好的，媽咪。那妳現在可以再來玩了嗎？

諾　　拉：喔，不，現在不行。

孩 子 們：喔，可是，媽咪，妳答應過的。

諾　　拉：是啊，但現在不行。進去裡面吧，我有太多事情要做了。親愛的寶貝，進去吧，進去。（她溫柔地把孩子們趕進房間裡，隨後把門關上。在沙發坐下，拿起繡花布縫了幾針，但又很快停下來。）不！（丟下繡花布，起身，走到通往前廳的門，對外大喊）海倫！把樹搬進來這裡。（走到左邊的桌子，打開抽屜，又停下來）不，那絕對不可能！

女　　僕：（拿著聖誕樹）太太，樹要放在哪裡呢？

諾　　拉：那裡。房間中央。

女　　僕：還有其他東西要拿嗎？

諾　　拉：沒有，謝謝。我要的都有了。

（女僕把樹放好後，離開。）

諾　　拉：（專心裝飾樹）蠟燭放這——花擺這。——那個可怕的男人！亂說，亂說，亂說！根本沒什麼問題的。這聖誕樹會非常漂亮。托瓦德，我會做任何你想要的事，——我會為你唱歌，為你跳舞——（海爾默從外頭進來，腋下夾著一疊文件。）

諾　　拉：啊——這麼快就回來啦？

海 爾 默：是啊，有人來過嗎？

諾　　拉：這裡？沒有啊。

海 爾 默：那就怪了。我看到克洛斯塔從大門離開。

諾　　拉：是嗎？喔，對，沒錯。克洛斯塔來了一下子。

海 爾 默：諾拉，我看妳的表情，就知道他來過這裡，請妳幫他說些好話。

諾　　拉：是。

海 爾 默：而且要像是妳自己的想法？妳要對我隱瞞他曾經來過。他也這樣要求妳，是不是？

諾　　拉：是，托瓦德，不過——

海 爾 默：諾拉，諾拉，妳竟然會做這樣的事？跟那種人講話，還答應他的要求！甚至對我說假話！

諾　　拉：假話——？

海 爾 默：妳不是說沒人來過嗎？（擺動他的手指）我的小雲雀絕對不准再那麼做了。雲雀需要乾淨的嘴巴來唱歌；絕不唱虛假的音調。（他的手臂環繞住她的腰）不是就該這樣嗎？嗯，我非常肯定。（放開她）我們不談這事了。（坐在壁爐旁）啊，這裡真是溫暖舒適。（翻閱文件）

諾　　拉：（忙著裝飾聖誕樹，片刻之後）托瓦德！

海 爾 默：嗯。

諾　　拉：我非常期待史丹博格家後天舉行的化裝派對。

海 爾 默：我也等不及要看妳會給我什麼驚喜。

諾　　拉：噢，愚蠢的想法。

海 爾 默：怎麼了？

諾　　拉：我想不出行得通的。想到的都很荒謬、無趣。

海 爾 默：我的小諾拉終於明白了？

諾　　拉：（走到他椅子後，將手臂放在椅背上）托瓦德，你很忙嗎？

海 爾 默：喔——。

諾　　拉：那些是什麼資料？

海 爾 默：銀行的一些東西。

諾　　拉：已經開始了？

海 爾 默：退休的經理授權給我做一些必要的人事和程序調整。我需要利用聖誕節假期來處理。希望新年前一切都可以就緒。

諾　　拉：所以，那就是為什麼可憐的克洛斯塔——。

海 爾 默：嗯。

諾　　拉：（仍然靠在椅背，手指輕輕玩著他頸背的頭髮）托瓦德，要不是你這麼忙，我就會請你幫我一個大忙。

海 爾 默：說來聽聽，什麼事？

諾　　拉：你知道的，沒有人像你這麼有品味。我又很想在化裝舞會上讓大家驚豔。托瓦德，你能不能幫我決定我該扮成什麼，幫我想一下我的服裝？

海 爾 默：啊哈，固執的小女人在尋找救星了嗎？

諾　　拉：是啊，托瓦德，沒有你的幫助，我一點辦法都沒有。

海 爾 默：好吧，好吧，我會想一想。我們會找到好點子的。

諾　　拉：喔，你真是太好了。（走回聖誕樹旁，停頓）這些紅色的花看起來真美。——告訴我，那個克洛斯塔犯的罪真的很嚴重嗎？

海 爾 默：偽造簽名。妳知道那是什麼意思嗎？

諾　　拉：有沒有可能他是因為情勢所逼才那麼做的？

海 爾 默：有可能，或者像很多人一樣，是一時魯莽。我不是那麼殘酷的人，只因為單一的過錯就譴責他。

諾　　拉：不，托瓦德，當然不是！

海 爾 默：很多人都能被社會接納重新做人，只要他們公開承認自己的罪行並接受處罰。

諾　　拉：處罰——？

海 爾 默：但克洛斯塔卻沒那麼做，他用狡猾的手段脫罪，那是使他道德腐敗的真正原因。

諾　　拉：你認為那會——。

海 爾 默：想想看，犯下那種罪的人必須說謊、掩飾、在每個人面前假裝，就算是與他最親近的人在一起，都必須戴著面具，甚至對他的妻子和小孩都是。諾拉，對小孩，這是最糟的。

諾　　拉：為什麼？

海 爾 默：因為那種欺騙的氛圍會感染整個家，給全家人帶來疾病。在這房子裡，孩子吸的每一口氣，都充滿了某種醜陋的病菌。

諾　　拉：（更靠近他）你確定嗎？

海 爾 默：噢，親愛的，我當律師，這種情形看多了。幾乎每個年紀輕輕就墮落的人，都有個說謊成性的母親。

諾　　拉：為什麼只提到——母親？

海 爾 默：最常見的是來自母親的影響，當然，不好的父親造成的結果也是一樣的，律師都非常清楚。這個克洛斯塔多年來在他家裡進出，用謊言和偽裝來毒害他自己的小孩。我才說他道德淪喪。（對她伸出雙手）所以，我甜美的小諾拉必須答應我，再也不幫他求情。把妳的手放在上面。喔，怎麼啦？給我妳的手。好啦，這麼說定了。我告訴妳，我是不可能跟他一起工作的。有這種人在身邊，我真的會身體不舒服。

諾　　拉：（縮回她的手，走到聖誕樹的另一側）這裡好熱喔！我還有好多事要做。

海 爾 默：（起身，把他的資料整理好）是啊，我也要在晚餐前看完一些資料。我還要想一想妳的服裝。或許我還能用金色的包裝紙包些東西掛在聖誕樹上。（把手放在她的頭上）噢，我可愛的小雲雀！（他走進書房，隨

後把門關上）

諾　　拉：（靜默片刻後，輕聲地）噢，不！不是這樣的。不可能。絕對不可能的。

安 瑪 莉：（在左邊的門口）孩子們一直在哀求，要進來找他們的媽咪。

諾　　拉：不不不，不要讓他們來這裡找我！安瑪莉，妳陪著他們。

安 瑪 莉：好的，太太。（把門關上）

諾　　拉：（因恐懼而臉色蒼白）傷害我的孩子——！毒害我的家？（短暫停頓，然後揚起頭）這不是真的。永遠不可能是真的。

第二幕

相同的房間。鋼琴一旁的聖誕樹已無掛飾，參差的樹枝上留有燒完的蠟燭蕊。諾拉的外出服放在沙發上。

諾拉獨自在房裡，不安地四處走動，最後她停在沙發前，拿起她的外套。

諾　　拉：（又丟下外套）有人來了！（走到門邊傾聽）沒有——沒有人。當然——不會有人今天來，今天是聖誕節——明天也不會有。但，也許——（開門往外看）沒有，信箱裡也沒有東西。空空的。（走向前）噢，真荒謬！他當然不可能是認真的。絕不可能發生那樣的事。不可能。畢竟我有三個小孩。

（保母拿著一個大紙盒，從左邊的房間走出來。）

保　　母：好了，我終於找到放化裝舞會衣服的紙盒。
諾　　拉：謝謝。放桌上。
保　　母：（照做）不過，舞衣一團混亂。
諾　　拉：我真想將它們撕成碎片！
保　　母：哎呀，整理整理就好了，只是要有點耐心。
諾　　拉：也對，我要去請林德太太來幫我。
保　　母：又要出門？天氣這麼糟？諾拉太太[1]會著涼——生病。

[1] 原文以諾拉太太（fru）稱呼，名字「諾拉」顯示親密感，而頭銜「太太」保留正式。

諾　　拉：喔，那不是最糟的——孩子們在幹嘛？

保　　母：可憐的小傢伙在玩他們的聖誕禮物，不過——

諾　　拉：他們有一直要找我嗎？

保　　母：他們很習慣有媽咪陪在身邊。

諾　　拉：沒錯，可是安瑪莉，我現在沒辦法跟以前一樣常常陪他們。

保　　母：嗯，小孩會習慣的。

諾　　拉：妳這樣想？妳認為他們會忘了他們的媽媽，如果她永遠離開？

保　　母：天啊，——永遠離開！

諾　　拉：聽著，安瑪莉，告訴我——我常在想：妳怎麼忍心把自己的小孩交給陌生人？

保　　母：我必須這麼做，才能成為小諾拉的奶媽。

諾　　拉：沒錯，但妳心裡願意嗎？

保　　母：讓我可以在這麼好的地方工作？對一個沒錢又惹了麻煩的可憐女孩來說，她能找到工作就要感激。何況，那個無賴不曾替我做過任何一件事。

諾　　拉：可是妳的女兒一定已經忘記妳了。

保　　母：喔，沒有。她接受堅信禮和結婚的時候，都有寫信告訴我。

諾　　拉：（抱住她的脖子）親愛的老安瑪莉啊，我小時候，妳就是我的好母親。

保　　母：可憐的小諾拉，沒有媽媽，只有我。

諾　　拉：如果小孩們沒有了媽媽，我知道妳會——噢，蠢話，蠢話。（打開紙箱）妳去陪孩子們吧。現在我必須——明天妳就可以看到我有多漂亮。

保　　母：哦，舞會中不會有人像諾拉太太一樣漂亮的。（她走

進左邊的房間）

諾　　拉：（開始打開盒子，但很快又丟在一旁）喔，只要我敢走出去。但願我知道沒有人會來。我不在時，家裡不會發生任何事情。愚蠢的想法，沒有人會來的。只要不亂想。這保暖手套需要刷一刷。美麗的手套，美麗的手套。不要想！不要想！一、二、三、四、五、六——（尖叫）啊，有人來了——（想走向門邊，但又猶豫不決地站著。林德太太從前廳走進來，她在前廳已經脫掉大衣。）

諾　　拉：喔，是妳，克莉絲汀。外頭沒有別人吧？妳來了，真好。

林德太太：聽說妳來找我。

諾　　拉：是，我剛好路過。其實，有件事妳可以幫我。我們坐在沙發談吧。是這樣的，明天樓上的外貿領事史丹博格一家要舉行化裝舞會，托瓦德要我打扮成拿坡里捕魚少女表演塔朗泰拉舞，那是我在卡布利學的。

林德太太：好啊，所以妳要表演整支舞嗎？

諾　　拉：嗯，托瓦德說我應該要。妳看，這是舞衣。托瓦德那時候請人替我做的，但現在這麼破爛，我真的不知道——

林德太太：喔，我們很快就可以修補好。只不過是縫邊有幾處鬆掉了。針線呢？好，現在我們該有的都有了。

諾　　拉：喔，妳真是太好了！

林德太太：（縫補）諾拉，所以妳明天會喬裝打扮？我有個想法——明天我要過來一下，看看妳盛裝的樣子。噢，我都忘記謝謝妳，昨天晚上很愉快。

諾　　拉：（起身，四處走動）我不覺得昨晚有像平常那樣愉快。——克莉絲汀，妳應該早點進城來的。——沒錯，托瓦德確實知道怎麼將家裡布置得優雅迷人。

林德太太：我想妳也是。妳沒有白當妳父親的女兒。不過，告訴我，藍克醫生老是像昨天那樣悶悶不樂嗎？

諾　　拉：不，昨天特別明顯。他一直都病得相當重。可憐的人，他的脊椎腐蝕。我跟妳說，他父親是個噁心的人，到處養情婦之類的，這就是為什麼兒子一出生就有病，妳懂的。

林德太太：（放下針線）可是，我最親愛的諾拉，妳是從哪裡知道這種事情的？

諾　　拉：（較輕快地走著）噗——當妳生了三個小孩，偶爾就有些女性訪客——她們懂些醫藥知識，就會談論這個。

林德太太：（重新縫補，短暫停頓）藍克醫生每天都來嗎？

諾　　拉：每天。他是托瓦德從小最好的朋友，也是我的好朋友。藍克醫生幾乎屬於這棟房子。

林德太太：但是，告訴我——他真誠嗎？我的意思是，他喜歡討好別人嗎？

諾　　拉：正好相反。妳怎麼會這麼想？

林德太太：昨天當妳介紹我們認識的時候，他告訴我他在這房子裡常聽到我的名字，但後來我注意到妳先生壓根就不知道我是誰。所以，藍克醫生怎麼可能——？

諾　　拉：克莉絲汀，是真的。托瓦德很愛我，就像他常說的，他要把我完全占為己有。剛結婚時，如果我提到老家的朋友，他就會忌妒，後來我自然就不提了。但是和藍克醫生，我可以說很多事情，因為他喜歡聽。

林德太太：諾拉，聽著，在很多方面，妳還像個小孩。我比妳年長，當然也多些經驗。我勸妳：妳要結束和藍克醫生的一切。

諾　　拉：我應該結束什麼？

林德太太：有兩件事。昨天妳提到什麼一位有錢的仰慕者會提供妳金錢——

諾　　拉：是的，但這個人不存在——真不幸。怎麼啦？

林德太太：藍克醫生有錢嗎？

諾　　拉：有。

林德太太：有需要扶養誰嗎？

諾　　拉：沒有，但——？

林德太太：他每天都來這裡？

諾　　拉：是啊，我告訴過妳了。

林德太太：像他這種教養良好的男人怎麼會這麼莽撞呢？

諾　　拉：我聽不懂妳在說什麼。

林德太太：諾拉，不要裝了。妳認為我猜不到誰借給妳一千兩百斯貝嗎？

諾　　拉：妳瘋了嗎？妳怎麼會這樣想！他是我們的朋友，每天都來！如果那樣，不是很難堪嗎？

林德太太：所以真的不是他？

諾　　拉：對，絕對不是。我連想都沒想過——。而且，他那時候也沒錢，是後來才繼承財產的。

林德太太：嗯，親愛的諾拉，我認為這樣算妳運氣好。

諾　　拉：不，我從來沒有想過要問藍克醫生——。不過話說回來，我很確定如果我問他——

林德太太：當然妳不會這麼做的。

諾　　拉：不，當然不會。我不認為有需要。但是我很確定如果我跟藍克醫生開口——

林德太太：背著妳丈夫？

諾　　拉：我必須說出另一件事。那也是背著他的。我必須全部說出來。

林德太太：對，對，我昨天就這麼說，不過——

諾　　拉：（來回踱步）男人就是比女人會處理這種事——

林德太太：自己丈夫的話，的確是這樣。

諾　　拉：噢，蠢啊。（停止踱步）當你償還所欠的債務，就可以將借據拿回來，對不對？

林德太太：對，當然。

諾　　拉：然後就可以將它撕成碎片再燒掉——那骯髒的紙條！

林德太太：（緊盯著她看，將針線放下，緩緩起身）諾拉，妳有事瞞著我。

諾　　拉：妳可以從我臉上看出來？

林德太太：從昨天早上到現在，一定有事情發生。諾拉，怎麼了？

諾　　拉：（走向她）克莉絲汀！（傾聽）噓！托瓦德回來了。妳進去跟孩子待在一起。托瓦德受不了縫縫補補。讓安瑪莉幫妳。

林德太太：（收拾一些東西）好的，但沒將事情說清楚，我是不會離開的。（她進入左邊的房間，剛好托瓦德從前廳走進來。）

諾　　拉：（迎上前）哦，親愛的托瓦德，我一直都在等你。

海 爾 默：那是裁縫師嗎？

諾　　拉：不，是克莉絲汀。她幫我修補舞衣。相信我，我一定會看起來很美的。

海 爾 默：對吧，我的想法是不是很棒？

諾　　拉：棒極了！那我順著你，是不是也很不錯！

海 爾 默：（托起她的下巴）很不錯——因為妳順著妳老公？好

啦，瘋狂的小東西，我知道妳不是那個意思。現在我不打擾妳。我想，妳要試穿衣服。

諾　　拉：你要工作？

海 爾 默：是。（指了指一疊文件）看吧。我剛去了一趟銀行——（開始走向書房）

諾　　拉：托瓦德。

海 爾 默：（停住）嗯。

諾　　拉：如果你的小松鼠誠心誠意請求你一件事——？

海 爾 默：什麼事？

諾　　拉：那你會不會答應？

海 爾 默：我要先知道是什麼事。

諾　　拉：要是你好心腸，順從她的話，你的小松鼠會蹦蹦跳跳，表演各種把戲。

海 爾 默：妳就說吧。

諾　　拉：你的小雲雀會在每間房裡唱不同的歌。

海 爾 默：喔，小雲雀不管怎樣都會唱歌的。

諾　　拉：托瓦德，我會扮成精靈仙女，在月光下為你跳舞。

海 爾 默：諾拉——不會是早上妳說的那一件事吧？

諾　　拉：（靠近）正是，托瓦德，我懇求你！

海 爾 默：妳真的有勇氣又提起這件事？

諾　　拉：對，對，你必須要順著我，你必須要讓克洛斯塔保住他在銀行的工作。

海 爾 默：可是，我親愛的諾拉，我已經把他的工作給林德太太了。

諾　　拉：啊，你人真是太好了。但是你可以解僱其他員工，不是克洛斯塔。

海 爾 默：簡直是令人難以相信的固執！只因為妳衝動地答應要

幫他求情，我就應該要──！

諾　　拉：托瓦德，不是那樣。這是為了你好。你自己告訴過我，那個男人替最不入流的報紙寫文章。他可能傷害你。我怕他怕得要死──

海 爾 默：啊哈，我明白了。是那個回憶把妳嚇成這樣。

諾　　拉：什麼意思？

海 爾 默：妳顯然想到妳父親的事了。

諾　　拉：對，就是這樣，沒錯。記得那些壞心的人怎麼在報紙上醜化、誹謗爸爸。要不是政府部門派你去調查，要不是你這麼好心幫助他的話，我想他們會害他被解僱的。

海 爾 默：我的小諾拉，妳父親和我有個很明顯的差異。妳父親的公職生涯並不是沒有瑕疵，不像我。我希望我在職的每一天，都能保持這樣。

諾　　拉：噢，但誰知道那些壞心眼的人會捏造什麼事呢。托瓦德，現在我們可以在我們安穩、無憂無慮的家，過平靜快樂的生活，──你、我、還有孩子們！是為了這，我才懇求你──

海 爾 默：妳這樣幫他說話，我更不可能把他留下。銀行的人都已經知道我要開除克洛斯塔，如果現在傳開那個新上任的銀行經理，被他的老婆說服──

諾　　拉：那有關係嗎──？

海 爾 默：喔，是啊，只要我們固執的小傢伙得到她想要的──。我就該使自己在整個辦公室前丟臉──讓大家覺得我很容易因為外在壓力而改變心意？喔，相信我，不用多久，我就可以感受到後果了！再說──只要我還是經理一天，就有一個原因讓克洛斯塔絕對無法在銀行工作。

諾　　拉：是什麼？

海 爾 默：如果必要，我或許可以忽略他的道德瑕疵——

諾　　拉：是啊，托瓦德，可以吧？

海 爾 默：而且我聽說他的工作能力還蠻不錯的。其實我年輕時就認識他，是那種不小心結交，往後卻不斷讓你尷尬的熟人。當然，我可以直說：我們以前很親近。但那傢伙一點都不老練，完全不懂得在別人面前隱藏。相反的——他覺得我們的交情讓他有權利用親暱隨便的語氣和我說話，不時就冒出「你，海爾默你！」我跟妳說，這讓我非常難堪。他會讓我在公司的處境難以忍受。

諾　　拉：托瓦德，你不可能是認真的。

海 爾 默：喔？為什麼不？

諾　　拉：因為這是很小心眼的想法。

海 爾 默：妳說什麼？小心眼？妳覺得我小心眼！

諾　　拉：不，正好相反，親愛的托瓦德，那正是為什麼——

海 爾 默：算了，妳說我的動機小心眼，那我乾脆就那樣吧。小心眼！很好！——嗯，這事要做個了結。（走到通往前廳的門，呼叫）海倫！

諾　　拉：你想做什麼？

海 爾 默：（翻找他的文件）做決定。（女僕走進來）這裡，拿著這封信，馬上就出去。找個信差把信送去。要快點。地址在上面。錢拿著。

女　　僕：好的，先生。（她拿著信離開）

海 爾 默：（整理他的文件）好啦，我的小任性小姐。

諾　　拉：（喘不過氣）托瓦德——那是什麼信？

海 爾 默：克洛斯塔的解僱通知。

諾　　拉：托瓦德，把它收回來！趁現在還有時間，噢，托瓦德，把它收回來！為了我——為了你自己，為了孩子們！托瓦德，你聽到了沒！去啊！你不知道這會帶給我們什麼後果。

海 爾 默：太遲了。

諾　　拉：是，太遲了。

海 爾 默：親愛的諾拉，我可以原諒妳的焦慮，雖然妳這樣根本是在侮辱我。對，就是！居然認為我會害怕一個寫八卦文章的律師的報復，這難道不是侮辱嗎？但我還是原諒妳，因為這證明妳有多愛我。（把她摟進懷裡）我親愛的諾拉，事情就該這樣，該來的就讓它來。在重要關頭，妳可以相信，我有勇氣和力量。妳將會看到，我是個有肩膀的男人可以獨自扛起一切。

諾　　拉：（恐懼地）這話是什麼意思？

海 爾 默：我說，扛起一切——

諾　　拉：（堅決地）不，你永遠不應該那麼做。

海 爾 默：好，諾拉，那我們一起分擔——就像夫妻。應該要這樣。（撫摸著她）妳現在開心了嗎？好啦，好啦，不要露出鴿子受到驚嚇的眼神。沒事，真的，不過都是妳胡思亂想。——現在妳應該要跳一遍塔朗泰拉舞，還有練習鈴鼓。我會到裡面的辦公室，兩扇門都關上，所以不會聽到任何聲音，妳就盡情地練習吧。（在門口轉身）藍克來的時候，告訴他我在裡面。（他對她點了點頭，便拿著文件走進書房，隨後把門關上。）

諾　　拉：（恐懼不安，不知所措，彷彿生了根地站在原地，喃喃自語）他準備這麼做。他會，他會不顧一切這麼做。——不行，絕對不行！就那件事不行！逃走——！出路——（門鈴響起）藍克醫生！就那件事不行！不管怎樣，就是不行！（她用雙手撫平臉龐，控制自己的情緒，走去打開通往前廳的門。藍克醫生站在外面的前廳，把他的毛外套掛起。在接下來的場景中，天色開始變暗。）

諾　　拉：嗨，藍克醫生。我聽出來是你按門鈴，但你還不可以去找托瓦德，我相信他正在忙。

藍克醫生：那妳呢？

諾　　拉：（藍克醫生走進客廳後，諾拉關上門）喔，你知道的——為了你，我總有多餘的時間。

藍克醫生：太感謝了。我會趁我還可以的時候好好運用。

諾　　拉：什麼意思？趁你還可以？

藍克醫生：沒錯。嚇到妳了嗎？

諾　　拉：嗯，你的用詞很奇怪。有什麼事要發生嗎？

藍克醫生：要發生的是一件我早就準備很久的事，但沒想到會來得這麼快。

諾　　拉：（抓住他的手臂）你發現了什麼嗎？藍克醫生，你必須告訴我！

藍克醫生：（在壁爐旁坐下）對我，是下坡了。沒什麼能做的。

諾　　拉：（鬆了口氣）喔，是你——？

藍克醫生：還有誰？騙自己是沒有意義的。海爾默太太，我是我所有病人中最淒慘的。這幾天，我都在盤點我體內的帳戶。破產。一個月內，可能我就會躺在教堂的墓園腐爛了。

諾　　拉：你該羞愧，這麼醜陋的說話方式。

藍克醫生：這件事本身就是該死的醜陋。但最糟的是，在這之前，還有其他很多的醜陋。現在只剩下最後一項檢驗，我一做完，就知道大概什麼時候我的毀壞會開始。有件事我想跟妳說。海爾默天性文雅，極度厭惡任何醜陋的事物。我不要他進我的病房——

諾　　拉：噢，可是，藍克醫生——

藍克醫生：我不希望他在那裡。任何情況都不要。我對他關起我的門。——我一確定最糟的情況發生了，我會寄給妳我的名片，上面畫有黑色十字架，那妳就知道那行毀壞可憎的[2]已經開始。

諾　　拉：噢，你今天說的完全沒道理。我多麼希望你心情愉快。

藍克醫生：當死亡已經來到我眼前？——而且是為另一個人的罪惡付出代價。這有天理嗎？每個家庭，都以某種方式，被這種無情的報應法則支配——。

諾　　拉：（用手摀住她的耳朵）噢，胡說！要開心，要開心！

藍克醫生：是啊，我也只能嘲笑這整件事情。我可憐、無辜的脊椎，卻必須為我父親當中尉時的開心日子受苦。

諾　　拉：（在左邊的桌子旁）你父親沉迷於吃蘆筍和鵝肝醬。不是嗎？

藍克醫生：是，還有松露。

諾　　拉：對，松露，沒錯。我想，也有生蠔吧？

藍克醫生：沒錯，生蠔，生蠔，那是不用說的。

諾　　拉：還有波特酒和香檳。真是令人難過，這些美味的東西竟然會影響脊椎。

藍克醫生：尤其是，他們竟然影響到根本沒享受到美食的不幸

---

[2] 「那行毀壞可憎的」（原文ødelæggelsens vederstyggelighed）出自《聖經》〈馬太福音〉24:15：「你們看見先知但以理所說的『那行毀壞可憎的』站在聖地……」

脊椎。

諾　　拉：唉，對，那是最令人難過的。

藍克醫生：（探究地注視著她）嗯——

諾　　拉：（片刻之後）你幹嘛笑？

藍克醫生：沒有，是妳先笑出聲的。[3]

諾　　拉：不對，藍克醫生，是你在笑！

藍克醫生：（起身）妳比我想的還會捉弄人。

諾　　拉：我今天滿腦子想惡作劇。

藍克醫生：看來如此。

諾　　拉：（雙手放到他的肩膀上）親愛的，親愛的藍克醫生，你不可以丟下托瓦德和我死掉。

藍克醫生：噢，妳很容易就會釋懷。不在的人總是很快就被遺忘。

諾　　拉：（憂心地看著他）你這樣認為？

藍克醫生：人會結交新的朋友，然後——

諾　　拉：誰會交新朋友？

藍克醫生：我走了之後，妳和托瓦德兩個都會。我想妳早已經開始了。昨晚那位林德太太來這裡做什麼？

諾　　拉：啊哈——你不會是在忌妒可憐的克莉絲汀吧？

藍克醫生：喔，我是。她會取代我在這個家的位子。當我的時間到了，那女人說不定——。

諾　　拉：噓，不要那麼大聲，她在裡面。

藍克醫生：今天又來？妳看看。

諾　　拉：只是來幫我縫補舞衣。天啊，你怎麼這麼不講理！（坐到沙發上）藍克醫生，好，別鬧了。明天你就會看到我曼妙的舞姿，你可以想像我只為你而跳——

---

[3] 原文語句對稱，產生節奏。諾拉問對方你幹嘛笑（微笑，smile），藍克認為是諾拉在笑，此時是用笑出聲（laugh），此處很難區分差別而又不破壞語感。

嗯，當然，還有托瓦德——那是不用說的。（從紙箱裡拿出好幾樣東西）藍克醫生，坐到這邊來，我有東西要給你看。

藍克醫生：（坐下）是什麼？

諾　　拉：你看！

藍克醫生：絲襪。

諾　　拉：膚色的。它們是不是很美？嗯，現在這裡光線昏暗，但明天——不，不，不，只能看腳。噢，好吧，可以往上多看一點點。

藍克醫生：嗯——。

諾　　拉：為什麼你看起來很不滿意？難道你覺得它們不適合我？

藍克醫生：對這種事，我不可能會有足夠見識的想法。

諾　　拉：（注視著他一會兒）真不像話！（用絲襪輕輕地打他的耳朵）教訓你的。（把絲襪收好）

藍克醫生：還有什麼好東西要給我看？

諾　　拉：一點都不給你看，因為你不聽話。（她哼了一下歌，並翻找她的東西）

藍克醫生：（沉默片刻）當我坐在這裡，像這樣和妳自在地聊天，我不知道——不，我無法想像——如果我不曾走進這房子，我會變成什麼樣子。

諾　　拉：（微笑）是啊，我相信你真的喜歡來這裡跟我們聚在一起。

藍克醫生：（直視前方，聲音更輕）卻不得不離開這一切——

諾　　拉：噢，胡說，你沒有要離開。

藍克醫生：（聲調未變）——甚至也無法留下點卑微的感激，或一閃而過的缺憾——什麼也沒留下，只留下一個誰都可以遞補的空位。

諾　　拉：那如果我現在要求你——？不行——

藍克醫生：要求什麼？

諾　　拉：一個能大大證明你對我的友誼的東西——

藍克醫生：好，好啊？

諾　　拉：不對，我說的是——幫一個很大的忙——

藍克醫生：妳真的要給我一次這樣的機會嗎？我會很高興！

諾　　拉：噢，你根本還不知道是什麼事。

藍克醫生：好，那妳現在就說吧。

諾　　拉：不，藍克醫生，我不能。這請求多到過份——建議、幫忙、還有恩惠——

藍克醫生：越多越好。我沒辦法猜出妳指的是什麼。嗯，妳就直說。難道妳不信任我嗎？

諾　　拉：沒有人比你更可靠。我十分確定你是我最真誠、最好的朋友。這就是為什麼我想要和你談談。嗯，那藍克醫生，你可以幫我阻止一件事。你知道托瓦德深愛著我，愛到無法形容。他會毫不猶豫地為了我犧牲性命。

藍克醫生：（傾身靠向她）諾拉——妳覺得他是唯一的一個嗎——？

諾　　拉：（有點驚訝）唯一一個——？

藍克醫生：樂意為妳犧牲生命的人。

諾　　拉：（沈重地）我懂了。

藍克醫生：我對自己發過誓，在我走之前，應該要讓妳知道我的心意。找不到比這更好的機會了。——是啊，諾拉，現在妳知道了。那現在妳也知道妳可以信任我，沒有人比我可靠。

諾　　拉：（從容而冷靜地站起來）讓我過。

藍克醫生：（挪出空間讓她過，但仍坐著）諾拉——

諾　　拉：（在通往前廳的門口）海倫，把燈拿進來。——（走到壁爐邊）啊，親愛的藍克醫生，你真的非常醜陋。

藍克醫生：（站起來）我跟其他人一樣深愛著妳，那樣很醜陋？

諾　　拉：不是，可是你竟然告訴了我。根本不需要——

藍克醫生：什麼意思？難道妳已經知道——？

（女僕提燈進來，把燈擺桌上，然後走出去。）

藍克醫生：諾拉——海爾默太太——我在問妳：妳早知道了嗎？

諾　　拉：噢，我怎麼會清楚我知道或不知道什麼？我真的不曉得該說什麼——藍克醫生，你怎麼會這麼不靈光！剛剛一切都是那麼美好。

藍克醫生：好，不管怎樣，妳已經知道我的身體和靈魂都任妳支配。妳就告訴我吧。

諾　　拉：（注視他）在你說了那些話後？

藍克醫生：我請求妳，讓我知道是什麼事。

諾　　拉：你現在什麼都不能知道。

藍克醫生：噢，能的。妳不可以這樣懲罰我。讓我為妳做任何我辦得到的事。

諾　　拉：現在你什麼也無法替我做。——而且，說真的，我不需要任何幫忙。你會發現一切都只是我的幻想。對，就是這樣。當然是！（坐在搖椅上，微笑看著他）嗯，藍克醫生，你真是個紳士。現在燈被搬到這裡了，難道你不覺得不好意思嗎？

藍克醫生：不，不盡然。但也許我應該離開——永遠地？

諾　　拉：不，你當然不能那麼做。你必須像以前一樣來這裡。

你很清楚托瓦德不能沒有你。

藍克醫生：喔，那妳呢？

諾　　拉：噢，你知道我有多喜歡你來這裡。

藍克醫生：就是這個讓我亂想到別的地方。妳對我來說是個謎。我常常有個感覺妳似乎寧願和我在一起，而不是海爾默。

諾　　拉：喔，你知道，有些人是你最愛的，有些人是你比較喜歡膩在一起的。

藍克醫生：確實有點道理。

諾　　拉：以前在家裡，當然，我最愛我爸爸。可是我總是覺得可以偷溜到女僕的房間非常好玩，因為她們從不對我說教或指導我，而且她們聊天總是聊得很有趣。

藍克醫生：啊哈，原來我就是填補她們的位置。

諾　　拉：（跳起來走向他）喔，親愛的好藍克醫生，我完全沒那個意思，但你可以明白，我跟托瓦德在一起時，就像跟我爸爸在一起——

（女僕從前廳進來。）

女　　僕：太太！（在諾拉耳邊講悄悄話，並遞給她一張名片。）

諾　　拉：（瞄了一眼名片）啊！（把名片塞進口袋）

藍克醫生：怎麼了嗎？

諾　　拉：沒事，沒什麼事。只是——就我的新洋裝——

藍克醫生：真的？但妳的洋裝在那裡啊。

諾　　拉：喔，那件。但這是另外一件。我剛訂的——不能讓托瓦德知道——

藍克醫生：啊哈，我們有個大祕密。

諾　　拉：對，沒錯。你就去陪他，他在最裡面的書房。絆住他越久越好——

藍克醫生：別擔心，我不會讓他逃出來的。（走進海爾默的房間。）

諾　　拉：（對著女僕）他在廚房等嗎？

女　　僕：是，他從後面的樓梯[4]上來的。

諾　　拉：妳難道沒告訴他有客人在嗎？

女　　僕：說了，但那沒有用。

諾　　拉：他不願意離開？

女　　僕：是，太太。他不走，除非有跟妳說到話。

諾　　拉：好吧，讓他進來，但要悄悄地。海倫，絕對不能告訴任何人，我要給我丈夫一個驚喜。

女　　僕：好，好，我明白——（她走出去。）

諾　　拉：可怕的事就要發生。終究還是來了。不，不，不，不可能發生，不會發生。（她走過去，拴住海爾默的房門。女僕打開往前廳的門讓克洛斯塔進來，便把門關上。他穿著毛皮大衣，靴子，和毛帽。）

諾　　拉：（走向他）小聲講話。我先生在家。

克洛斯塔：那又怎樣？

諾　　拉：你要做什麼？

克洛斯塔：打聽消息。

諾　　拉：快說。什麼事？

克洛斯塔：想必妳知道我收到解僱通知了。

諾　　拉：克洛斯塔先生，我阻止不了。我為你說盡好話，但還是沒有用。

4　僕人和送貨員使用這個樓梯。

克洛斯塔：妳先生對妳的愛就這麼少嗎？他知道我可以揭發妳，卻還敢——

諾　　拉：你怎麼會認為他知道這件事？

克洛斯塔：啊，不——我並不真的那樣想。這麼有男子氣概一點都不像我所認識的老托瓦德・海爾默——

諾　　拉：克洛斯塔先生，我要求你尊重我的先生。

克洛斯塔：喔，當然，予以應得的尊重。因為這位太太這麼希望事情保密，我可以假定妳比昨天還稍微清楚妳所做的事情嗎？

諾　　拉：遠超過你所能教我的。

克洛斯塔：是啊，像我這樣差勁的律師——

諾　　拉：你想從我這裡得到什麼？

克洛斯塔：海爾默太太，只是想來看一下妳過得如何。我整天都在想著妳的事。我，一個討債員、一個寫三流文章的律師，一個——嗯，即使像我這種人，還是有些所謂的同情心，妳知道的。

諾　　拉：那就表現給我看，想想我的孩子們。

克洛斯塔：妳和妳先生有想過我的孩子嗎？不過沒關係。我只是想告訴妳，不用把這事情看得太嚴重。目前，我不會提出控訴。

諾　　拉：噢，不會，是吧？我就知道。

克洛斯塔：整件事可以和平地解決，不必要搞得大家都知道，就我們三個人之間的祕密。

諾　　拉：絕對不能讓我先生知道。

克洛斯塔：妳要怎麼不讓他知道呢？還是妳要把剩下的錢付清。

諾　　拉：不，現在還不能。

克洛斯塔：還是妳有某種門路能夠在幾天內籌到錢？

諾　　拉：沒有一種是我想用的。

克洛斯塔：好吧，反正那對妳也沒什麼好處。就算妳今天帶著大把鈔票站在我面前，妳也買不回妳的簽名借據。

諾　　拉：告訴我你要拿它做什麼。

克洛斯塔：我只是要留著它——收在檔案夾裡。不會有其他人看到。所以如果妳有什麼衝動的想法——

諾　　拉：我有。

克洛斯塔：——想要離家出走——

諾　　拉：我有！

克洛斯塔：——或是更糟的事——

諾　　拉：你怎麼知道的？

克洛斯塔：——那打消念頭吧。

諾　　拉：你怎麼知道我在想那件事？

克洛斯塔：我們大多數的人一開始都會先想到那件事。我也想過，但我發現我沒有那個勇氣——

諾　　拉：（微弱地）我也沒有。

克洛斯塔：（鬆了一口氣）是啊，真的。妳也沒那個勇氣，對吧？

諾　　拉：我沒有，我沒有。

克洛斯塔：那樣做也是非常愚蠢。只要第一場家庭風暴結束——。我口袋裡有一封信是要給妳先生——

諾　　拉：信中告訴他所有的事情？

克洛斯塔：已經盡可能婉轉。

諾　　拉：（很快地）他不可以拿到那封信。把它撕掉。我會找到門路籌到錢。

克洛斯塔：海爾默太太，抱歉，我剛剛已經跟妳說——

諾　　拉：喔，我不是指我欠你的那筆錢。告訴我你想要從我先生那裡拿到多少錢，我會設法弄到。

克洛斯塔：我不要妳先生的錢。

諾　　拉：那你要什麼？

克洛斯塔：我告訴妳，海爾默太太，我要重新站起來，我要出人頭地，而妳先生可以幫我。這一年半來，即使我在惡劣的處境下掙扎，我也沒有做任何不名譽的錯事。我很滿足可以一步一步慢慢往上。現在，我卻被趕出來，我拒絕滿足於只是能被帶回去所屬的圈子。告訴妳，我要高升，我要回到銀行工作——要一個更高的職位。妳先生必須替我安排——

諾　　拉：他絕不會那麼做！

克洛斯塔：他會，我很了解他，他氣也不敢哼一聲。一旦我回到銀行和他一起工作，妳等著看！一年內，我會成為經理的得力助手。到時，會是尼爾斯・克洛斯塔在掌管商業銀行，不是托瓦德・海爾默。

諾　　拉：你絕對不會有這一天！

克洛斯塔：也許妳打算——？

諾　　拉：現在我有勇氣了。

克洛斯塔：喔，妳嚇不了我。像妳這樣聰明又被寵愛的女士——

諾　　拉：你等著瞧，你等著瞧！

克洛斯塔：也許是跳到冰塊下？沉到冰冷漆黑的水裡？然後春天時浮上來，醜陋可怕，無法辨認，頭髮掉落——

諾　　拉：你嚇不了我。

克洛斯塔：妳也嚇不了我。海爾默太太，大家不做這種事。更何況，這對妳有什麼好處？妳先生還是在我的手掌心。

諾　　拉：之後？即使我不在——？

克洛斯塔：妳是不是忘了到時我可以控制妳留下來的名聲？（諾拉無言地站著，瞪著克洛斯塔）好了，我已經警告妳。不要做傻事。海爾默接到信後，我等他消息。記住，是妳先生逼我走回這條老路，因此我永遠不會原諒他。海爾默太太，再見。（他從前廳走出去。）

諾　　拉：（走到通往前廳的門，打開一個小縫，注意聽）走了。沒有把信投到信箱。喔，不，不，那也不可能！（把門越打越開）怎麼回事？他站在外面。沒有下樓。他還在考慮嗎？或許他會——？（一封信掉進信箱，然後聽見克洛斯塔走下樓梯的腳步聲，隨後漸漸消失。諾拉發出一聲壓抑的尖叫聲，衝到沙發旁的桌子。短暫的停頓。）在信箱裡。（躡手躡腳地走回通往前廳的門前）就在那裡。——托瓦德，托瓦德——我們完了！

林德太太：（拿著舞衣從左邊的房間走進來）嗯，該縫的都縫好了。妳要不要穿穿看——？

諾　　拉：（沙啞地低語）克莉絲汀，到這裡來。

林德太太：（把衣服丟在沙發上）怎麼了？妳看起來很不安。

諾　　拉：過來這裡。看到那封信了沒？在那裡！妳看——在信箱的玻璃後面。

林德太太：有，有，我看到了。

諾　　拉：那是克洛斯塔寫的信——

林德太太：諾拉——借錢給妳的是克洛斯塔！

諾　　拉：是。托瓦德就要知道一切了。

林德太太：諾拉，相信我，這樣對你們兩個都是最好的。

諾　　拉：還有件事妳不知道。我偽造簽名——

林德太太：我的老天啊——？

諾　　拉：克莉絲汀，這正是我要告訴妳的，妳必須當我的證人。

林德太太：怎麼作證？我要怎麼做——？

諾　　拉：萬一我瘋了——這很可能發生——

林德太太：諾拉！

諾　　拉：或者說我發生了事情——某件讓我無法出現在這裡的事——

林德太太：諾拉，諾拉，妳不太對勁！

諾　　拉：萬一有人想要扛起一切，所有的罪過，妳明白——

林德太太：是，是，但妳怎麼會認為——？

諾　　拉：克莉絲汀，到時候妳就要作證那不是真的。我沒失去理智，此刻我非常清醒。我告訴妳，沒有人知道這件事。是我一個人做的。妳要記住這一點。

林德太太：我會記住。但我完全不懂怎麼一回事。

諾　　拉：喔，妳怎麼會懂？最神奇的事就要發生了。

林德太太：神奇的事？

諾　　拉：對，神奇的。克莉絲汀，但太可怕了。——不可以讓它發生，說什麼都不行。

林德太太：我馬上去找克洛斯塔談談。

諾　　拉：別去，他會傷害妳！

林德太太：他曾經很樂意為我做任何事。

諾　　拉：他？

林德太太：他住哪裡？

諾　　拉：唉，我怎麼會知道——？對了，（摸索她的口袋）這是他的名片。可是那封信，那封信——！

海 爾 默：（在書房敲門）諾拉！

諾　　拉：（驚恐地大叫）噢！怎麼了？有什麼事？

海 爾 默：哎呀，不用那麼害怕。我們沒有要進去，妳把門鎖上了。妳正在試穿洋裝嗎？

諾　　拉：對，對，我在試穿。托瓦德，我會看起來很美的。

林德太太：（看過了名片）他就住在附近。

諾　　拉：嗯，可是沒有用的。我們沒救了。信在信箱裡啊。

林德太太：鑰匙在妳先生那裡？

諾　　拉：對，一向如此。

林德太太：克洛斯塔必須把信原封不動地要回去，他必須找個藉口——

諾　　拉：可是，托瓦德通常是這個時候——

林德太太：絆住他，讓他待在書房。我會盡快趕回來。（她急忙從通往前廳的門走出去。）

諾　　拉：（走到海爾默書房門口，打開門，往裡面看）托瓦德！

海 爾 默：（從書房的最裡頭）好啦，終於被准許走進自己家的客廳了嗎？來吧，藍克，我們來瞧瞧——（在門口）這是什麼啊？

諾　　拉：怎麼了，親愛的托瓦德？

海 爾 默：藍克告訴我會有場盛大的變裝秀。

藍克醫生：（在門口）我以為是這樣，但顯然我弄錯了。

諾　　拉：是啊，明天之前沒有人能看到我盛裝打扮的樣子。

海 爾 默：可是，親愛的諾拉，妳看起來好累。是不是練習過頭了？

諾　　拉：不是，我根本還沒練習。

海 爾 默：妳知道的，妳需要——

諾　　拉：是啊，托瓦德，絕對需要。可是沒有你幫我，我沒辦法。我已經完全忘記舞步了。

海 爾 默：噢，我們很快會再記起來的。

諾　　拉：是啊，托瓦德，你要看顧我。你答應嗎？噢，我好緊張。那麼盛大的派對——。今晚你必須把時間都給我。一點工作都不可以，連筆都不能碰。好嗎？親愛的托瓦德，可以嗎？

海爾默：我答應妳。今晚我完全聽候妳差遣——妳這無助的小東西——。嗯，不過，我得先做一件事——（走向通往前廳的門）

諾　拉：你要找什麼？

海爾默：只是看看有沒有信件。

諾　拉：托瓦德，不，不，不要看！

海爾默：怎麼了？

諾　拉：托瓦德，我拜託你。信箱沒有信。

海爾默：我還是去看看。（想走出去）

（諾拉在鋼琴彈起塔朗泰拉舞的第一小節。）

海爾默：（在門口停住）啊哈！

諾　拉：如果沒和你練習，我明天沒辦法跳。

海爾默：（走向她）親愛的諾拉，妳真的那麼害怕嗎？

諾　拉：是，非常害怕。讓我立刻就練習，晚餐前還有時間。噢，親愛的托瓦德，你坐下來為我彈奏。引領我，教導我，就像平常那樣。

海爾默：既然妳想要這樣，我很樂意。（坐到鋼琴前）

諾　拉：（從盒子裡抓起鈴鼓，接著又拿起一條彩色的長披肩匆匆披在肩上，然後跳往前面的地板並大喊）為我彈奏！我要跳了！

（海爾默彈奏，諾拉跳舞。藍克醫生站在海爾默後面觀看著。）

海 爾 默：（一邊彈奏）慢一點——慢一點。

諾　　拉：沒辦法慢。

海 爾 默：諾拉，別這麼激烈！

諾　　拉：它就是要這樣子跳。

海 爾 默：（停下）不對，不對，這樣根本不行。

諾　　拉：（一邊大笑一邊搖著鈴鼓）我不是告訴過你了？

藍克醫生：讓我為她彈奏。

海 爾 默：（站起來）好，你來。這樣我比較方便教她。

（藍克醫生坐下開始彈琴。諾拉跳得越來越奔放狂野。海爾默站在壁爐旁，不斷糾正諾拉。她似乎沒聽到，她的頭髮鬆掉，披散在肩膀上。她並沒有發現，繼續跳著。林德太太進來。）

林德太太：（目瞪口呆，站在門口）啊——！

諾　　拉：（跳著舞）克莉絲汀，看啊，好好玩！

海 爾 默：可是親愛的諾拉，妳跳得好像妳的生命全靠這支舞。

諾　　拉：就是啊。

海 爾 默：藍克，別彈了！真是瘋狂。我說，別彈了！

（藍克醫生停止彈奏，諾拉突然停下。）

海 爾 默：（走近她）我真不敢相信。妳竟然把我教妳的全忘了。

諾　　拉：（丟下鈴鼓）你親眼看到了吧。

海 爾 默：嗯，妳的確需要好好指導。

諾　　拉：對，你看到有多需要了。你必須要教我教到最後一刻。托瓦德，你能答應我嗎？

海爾默：妳完全可以放心。

諾　拉：不管今天或明天，除了我，你不能想其他事。你也不可以拆信——或是打開信箱——。

海爾默：啊，是對那個人的恐懼——

諾　拉：嗯對，對，那也是。

海爾默：諾拉，看妳的表情，就知道信箱有他寫來的信。

諾　拉：我不知道，也許有吧。可是你現在不可以看信，在這一切結束之前，不能有任何醜陋的事打擾我們。

藍克醫生：（輕聲對海爾默說）你不該拒絕她。

海爾默：（伸出手臂環抱她）這孩子可以隨心所欲。可是明晚，妳跳完舞之後——

諾　拉：那時你就自由了。

女　僕：（在右邊的門口）太太，晚餐準備好了。

諾　拉：海倫，我們想要喝香檳。

女　僕：好的，太太。（走出去）

海爾默：喔——辦宴會嗎？

諾　拉：香檳喝到天亮。（朝外面大喊）海倫，還要一些蛋白杏仁餅，很多——就這麼一次。

海爾默：（握她的手）好了，好了，不要這麼狂野。現在做回我的小雲雀，就像妳平常一樣。

諾　拉：喔，我會的。你先進去餐廳。藍克醫生，你也是。克莉絲汀，妳要幫我把頭髮盤起來。

藍克醫生：（邊走邊對海爾默低語）應該沒事吧——嗯，會不會是有了？

海爾默：喔，親愛的，當然沒有。只不過就是我剛跟你說的孩子氣的焦慮。（他們從右邊的門走出去。）

諾　拉：怎麼樣？！

林德太太：他出城去了。

諾　　拉：看妳的表情就知道。

林德太太：他明天晚上前會回家。我留了字條給他。

諾　　拉：妳不該這麼做。阻止不了任何事情了。其實，坐在這裡等待神奇的事發生令人充滿深深的喜悅。

林德太太：妳在等待什麼？

諾　　拉：喔，妳不會懂的。進去找他們吧，我一會兒過去。

（林德太太走進餐廳。）

諾　　拉：（站了一會兒，好像想讓自己冷靜下來，然後看手錶）五點鐘。離午夜，還有七小時。再二十四小時後，就是另一個午夜，到時，塔朗泰拉舞就跳完了。七加二十四？還有三十一個小時可以活。

海 爾 默：（在右邊的門口）我的小雲雀在哪裡？

諾　　拉：（張開雙臂走向他）你的小雲雀來啦！

第三幕

一樣的房間。桌子已經被移到房間的中央，四周擺了椅子。桌上點著一盞燈，往前廳的門開著。從樓上傳來舞曲。

林德太太坐在桌邊，心不在焉地翻著書。她想讀，卻沒辦法集中思緒。幾次停下來，緊張地聽大門外是否有動靜。

林德太太：（看錶）還沒來。時間不多了。要是他不——（再一次傾聽）啊，他來了。（她走出去到前廳，謹慎地把外面的門打開，階梯上傳來輕輕的腳步聲，她低聲說）進來。沒別人在。

克洛斯塔：（在門口）我在家看到妳留的字條。這是什麼意思？

林德太太：我必須跟你談談。

克洛斯塔：喔？就一定要在這個房子裡？

林德太太：不可能在我住的地方，我房間沒有私人入口。進來吧，就只有我們兩個，女僕已經睡了，海爾默夫婦在樓上參加舞會。

克洛斯塔：（走進房裡）好啊，好啊，海爾默夫婦今晚在跳舞？真的啊？

林德太太：對啊。為什麼不？

克洛斯塔：喔，當然可以。

林德太太：好了，克洛斯塔，我們來談談。

克洛斯塔：我們兩個還有什麼好談的嗎？

林德太太：我們有很多可以談。

克洛斯塔：我不這麼想。

林德太太：是吧，因為你從未真正了解我。

克洛斯塔：有什麼好了解的？不過是世界上司空見慣的事。無情的女人一看到更好的對象，馬上拋棄她的男人。

林德太太：你相信我那麼絕情嗎？你相信我很輕易就能放下那段感情嗎？

克洛斯塔：難道不是嗎？

林德太太：克洛斯塔，你真的這麼想嗎？

克洛斯塔：如果不是，那時候妳為什麼寫那樣的信給我？

林德太太：我還能怎麼做？如果我必須跟你分手，我有責任拔除你對我的任何情感。

克洛斯塔：（緊握著雙手）原來如此。這一切——都是為了錢！

林德太太：別忘了，當時我有個生病的母親和兩個年幼的弟弟。克洛斯塔，我們沒辦法等你。你當時還有好長的路要走。

克洛斯塔：或許吧。但妳還是沒有權利為了別人拋棄我。

林德太太：嗯，我不知道。我多次問自己有沒有這個權利。

克洛斯塔：（較溫和地）當我失去妳的時候，就好像穩固的土地全部從我腳下滑走。妳看著我，我現在是個遇到船難的人，緊抓住一塊殘骸。

林德太太：救援可能近在眼前。

克洛斯塔：它曾經很近——但是妳來了，阻擋了它。

林德太太：克洛斯塔，我完全不知情。今天我才知道我要接替的是你在銀行的位子。

克洛斯塔：好，我相信妳。那現在妳知道了，妳願意退讓嗎？

林德太太：不，因為那對你沒什麼好處。

克洛斯塔：噢，好處，好處——要是我，就還是會這麼做。

林德太太：我學會了要明智地行動。生活和艱苦貧困教會我的。

克洛斯塔：生活教我的是不要相信好聽的話。

林德太太：那生活教你的是件很明智的事，但你還是得相信行動吧？

克洛斯塔：什麼意思？

林德太太：你說你像是遭遇船難溺水，緊抱殘骸的人。

克洛斯塔：我有理由那麼說。

林德太太：我也像是遭遇船難溺水，緊抱殘骸的女人。沒有人可以哀悼，沒有人可以關心。

克洛斯塔：那是妳自己的選擇。

林德太太：當時我並沒有其他選擇。

克洛斯塔：好，那又怎樣呢？

林德太太：克洛斯塔，要是我們兩個遇到船難的人可以互相靠近在一起。

克洛斯塔：妳在說什麼？

林德太太：兩個人一起抱住一塊殘骸，總比各抱一塊好吧。

克洛斯塔：克莉絲汀！

林德太太：你認為我為什麼會進城來？

克洛斯塔：妳真的有想過我？

林德太太：我需要工作，才能繼續過日子。我人生的每一天，就我能記得的，我都在工作，那是我最大也是唯一的樂趣。現在我一個人孤零零的在世界上，感覺好空虛、好失落。為自己工作根本毫無樂趣。克洛斯塔，給我一個可以為他努力工作的對象和目標。

克洛斯塔：我不相信這一切。這只不過是激昂的女性情操所驅使的自我犧牲。

林德太太：你何時看到我情緒激昂了？

克洛斯塔：妳是真心這樣想嗎？告訴我——妳知道我過去的一切嗎？

林德太太：知道。

克洛斯塔：也知道這裡的人是怎麼看我的？

林德太太：從你剛說的話，你好像在暗示如果當初你和我在一起，現在就不會是這個樣子了。

克洛斯塔：我很確定。

林德太太：現在這仍然還有可能嗎？

克洛斯塔：克莉絲汀——妳是認真的吧！是，妳是。我可以從妳臉上看出來。可是，妳真的有勇氣來——？

林德太太：我想要做個母親，而你的孩子需要母親。我們彼此互相需要。克洛斯塔，我對你的天性有信心。——跟你在一起，我什麼都敢做。

克洛斯塔：（抓住她的手）克莉絲汀，謝謝，謝謝妳——現在我知道我可以贏回在別人眼中的地位。——啊，可是我忘了——

林德太太：（聽著）噓！塔朗泰拉舞！走，快走！

克洛斯塔：為什麼？怎麼了？

林德太太：聽到樓上跳舞的聲音了嗎？當他們跳完，就會下樓來。

克洛斯塔：喔，對，那我該走了。可是，這都沒有用。當然，妳不知道我為了對付海爾默夫婦做了什麼事。

林德太太：知道，克洛斯塔，我全都知道。

克洛斯塔：那妳還有勇氣要——？

林德太太：我很清楚絕望會逼迫像你這樣的男人走極端。

克洛斯塔：喔，真希望能夠讓一切恢復原狀！

林德太太：你可以，因為你的信還在信箱裡。

克洛斯塔：妳確定嗎？

林德太太：非常確定，可是——

克洛斯塔：（目光銳利地看著她）就是這麼一回事嗎？妳為了救妳的朋友不計任何代價。老實告訴我，是這樣嗎？

林德太太：克洛斯塔，曾經為了別人的利益而出賣自己的人不會再犯第二次。

克洛斯塔：我會要求拿回我的信。

林德太太：不，不要。

克洛斯塔：當然可以。我會在這裡等海爾默下樓，告訴他把我的信還給我——說那只是關於我的解僱通知——他不應該看——

林德太太：不，克洛斯塔，別把信要回來。

克洛斯塔：可是，那不是妳約我來這裡的真正原因嗎？

林德太太：對，那是我一開始驚慌下的想法。可是，已經過了一整天，我在這個家裡看到令人難以相信的事情。海爾默必須知道一切，這可怕的祕密必須要公開，他們兩個人必須要完全地了解對方。這些謊言和藉口都不能再繼續下去了。

克洛斯塔：嗯，好吧，如果妳想要冒這個風險——。喔，至少有一件事我可以做，現在我馬上就做——

林德太太：（傾聽）快點，走，快走！舞跳完了，再耽擱，就怕有閃失。

克洛斯塔：我會在樓下等妳。

林德太太：好，就這樣。你得送我回家。

克洛斯塔：我這輩子從來沒有這麼快樂過。（他從大門離去，通往前廳的門還開著）

林德太太：（收拾一下房間，整理她自己的外套和帽子）好大的轉變！啊，好大的轉變！為他們工作，為他們活著，建立一個溫馨的家。喔，有件事得處理——。希望他們趕快下來——。（傾聽）啊哈，他們回來了。穿上外套。（她拿起帽子和外套。）

（外頭傳來諾拉和海爾默的聲音，鑰匙轉動門鎖，海爾默幾乎強迫地帶著諾拉進到前廳。她穿著義大利戲裝，圍著件黑色大披肩。他穿著晚宴服，罩在外頭的黑色斗篷已經鬆開。）

諾　　拉：（在門口拉扯著，不情願地）不，不，不，不要進去啦！我要再上樓，我不要這麼早離開。

海 爾 默：可是，親愛的諾拉——

諾　　拉：喔，托瓦德，拜託，拜託你嘛。我誠心誠意地拜託你——只要再跳一小時！

海 爾 默：親愛的諾拉，一分鐘都不行。妳知道，我們說好的。來吧，我們進去客廳，站在這裡妳會感冒的。（不管她的抵抗，他溫柔地把她拉進房裡。）

林德太太：晚安。

諾　　拉：克莉絲汀！

海 爾 默：啊，林德太太，這麼晚了妳還在這裡？

林德太太：喔，很抱歉。我很想要看諾拉裝扮的模樣。

諾　　拉：妳一直坐在這裡等我嗎？

林德太太：是啊，可惜我來晚了。你們都已經在樓上了，我想我不能沒見到妳就離開。

海 爾 默：（拿下諾拉的披肩）嗯，妳好好看看她。我想她值得受到注目。林德太太，她是不是很迷人？——

林德太太：是的，我必須說——

海爾默：她是不是美得驚人？舞會上每個人也都這麼認為。可是，這甜美的小東西，——她非常固執。我們該怎麼處理呢？妳能想像嗎？我幾乎要用力才能把她拉走。

諾　拉：喔，托瓦德，你會後悔你沒有順著我，即便只是多個半小時。

海爾默：林德太太，妳聽聽她說的。她跳了塔朗泰拉舞——獲得滿堂喝彩——這是她應得的——雖然表演可能有點太過逼真，我的意思是——它有點超過藝術的規範。但不管這些！重點是——她成功了——非常地成功。這樣我還應該讓她繼續留下來？破壞效果嗎？當然不，我挽著我迷人的卡布利小姑娘——應該說是任性的卡布利小姑娘，在舞廳很快地轉了一圈，向四方鞠躬致意，然後——就像小說寫的——美景消失。林德太太，結局就是要具有效果；但是我無法讓諾拉明白這點。呼！這裡真熱。（把斗篷丟在椅子上，打開通往書房的門。）噢，怎麼了？黑漆漆的。喔，當然。失陪一下。（他進房點燃幾根蠟燭）

諾　拉：（匆促又擔憂地低語）怎麼樣？

林德太太：（輕聲）我跟他談過了。

諾　拉：然後呢——？

林德太太：諾拉，——妳得把整件事情告訴妳先生。

諾　拉：（呆板的聲音）我就知道。

林德太太：妳完全不用怕克洛斯塔，但妳必須要說出一切。

諾　拉：我不會說的。

林德太太：那封信會替妳說。

諾　拉：克莉絲汀，謝謝妳。現在我知道該怎麼做。噓——！

海爾默：（再度進來）嗯，林德太太，妳有好好欣賞她嗎？

林德太太：有的，現在我要說晚安了。

海 爾 默：什麼，要走了？這是妳的嗎？這編織的東西？

林德太太：（拿過來）是，謝謝。我差點忘了。

海 爾 默：妳會打毛線？。

林德太太：會啊。

海 爾 默：妳知道嗎？妳應該刺繡。

林德太太：喔？為什麼？

海 爾 默：嗯，因為刺繡優美多了。妳看；左手拿繡花布，右手拿針——像這樣——輕鬆地拉出弧度；是不是這樣——？

林德太太：嗯，有可能——

海 爾 默：可是打毛線——就是難看。妳看；手臂夾緊，棒針一上一下的——有點中國人的樣子。——啊！今晚他們供應的香檳真好喝。

林德太太：好啦，諾拉，晚安，不要再固執了。

海 爾 默：說得好，林德太太！

林德太太：海爾默先生，晚安。

海 爾 默：（陪她走到門口）晚安，晚安。希望妳平安到家。我會非常樂意——[1]可是妳只有一小段路。晚安，晚安。（她離開。他隨後把門關上，再走回來。）啊，我們終於把她送出門了。真是無聊得可怕，那女人。

諾　　拉：托瓦德，你不是很累嗎？

海 爾 默：不，一點也不。

諾　　拉：睏了嗎？

海 爾 默：一點也不。我反而覺得精神特別好。妳呢？妳看起來

[1] 當時受人尊敬的女性一般需要有人陪伴回家。

又累又睏。

諾　　拉：是，我很累。我想馬上去睡。

海 爾 默：妳看吧！妳看吧！我是對的。好在我們沒有再留下來。

諾　　拉：喔，不管你做什麼總是對的。

海 爾 默：（親吻她的額頭）現在我的小雲雀說話就好像是個人。對了，妳有沒有注意到藍克醫生今天晚上很開心？

諾　　拉：喔，是嗎？我沒機會和他說到話。

海 爾 默：我也幾乎沒有。不過，我很久沒看到他心情這麼好了。（注視她片刻，然後更靠近她）嗯——回到家真好，可以單獨跟妳在一起。——喔，妳這個迷人、可愛的女人！

諾　　拉：托瓦德，別那樣看我！

海 爾 默：我不能看著我最珍貴的東西嗎？所有的美麗，是我的，我一個人的，完完全全只屬於我。

諾　　拉：（走到桌子的另一邊）你今晚不要那樣跟我說話。

海 爾 默：（跟著她）塔朗泰拉舞還在妳的血液裡，我看得出來。這使妳更加誘人了。妳聽！客人們開始離開了。（聲音輕柔）諾拉，——整棟房子很快就會安靜下來。

諾　　拉：噢，希望如此。

海 爾 默：嗯，我親愛的諾拉，當然吧？噢，妳知道——當我跟妳出去參加這樣的派對——妳知道為什麼我幾乎不和妳說話，跟妳保持距離，只是偶爾偷偷瞄妳一下——妳知道我為什麼那樣做嗎？那是因為我假裝妳是我的祕密情人，我年輕的祕密未婚妻，沒有人知道我跟妳的關係。

諾　　拉：啊，是，是，是。我知道你的心思一直跟著我。

海 爾 默：然後，我們要離開的時候，我把披肩圍在妳年輕細緻的肩膀上——蓋住那弧度完美的脖子——我假裝妳是我年輕的新娘，我們才剛從婚禮回來，我第一次把妳帶回我家——我第一次和妳單獨相處——就只有我和妳，妳這顫抖嬌羞的美人！整個晚上我渴望的只有妳。當我看到妳跳塔朗泰拉舞時轉身搖擺——我的血液沸騰，再也忍不住了——這就是為什麼我那麼早就帶妳下樓來——

諾　　拉：托瓦德，走開！你必須放開我。我不要。

海 爾 默：怎麼了？小諾拉，妳大概在跟我鬧著玩。不要？不要？我不是妳的丈夫嗎——？

（外面傳來敲門聲。）

諾　　拉：（嚇一跳）你聽到了嗎——？

海 爾 默：（走向前廳）誰啊？

藍克醫生：（在外面）是我。我可以進去一下嗎？

海 爾 默：（惱怒地低語）喔，他現在想幹嘛？（大聲地）等一下。（走去打開門）嗯，真是太好了，你沒有過門不入！

藍克醫生：我想我有聽到你們的聲音，就覺得要進來看一下。（眼光掃描四周）啊，這些親切熟悉的房間。你們兩個把這裡弄得多麼地溫馨舒適。

海 爾 默：你好像在樓上也很舒適。

藍克醫生：沒錯。為什麼不呢？為什麼不盡情享受世間的一切？能有多少就多少，能有多久就多久。那些酒真是好喝——

海 爾 默：特別是香檳。

藍克醫生：你也注意到了？不可思議，我竟然可以狂喝那麼多。

諾　　拉：托瓦德今晚也喝了很多香檳。

藍克醫生：真的？

諾　　拉：是啊，他只要喝多了就會變得很有趣。

藍克醫生：噢，忙了一天後，難道不該有個愉快的夜晚嗎？

海 爾 默：忙了一天？恐怕我不能這麼說。

藍克醫生：（拍拍他的背）可是我可以，你要知道！

諾　　拉：藍克醫生，你今天一定有做一些科學研究。

藍克醫生：完全正確。

海 爾 默：噢，我說——小諾拉談論起科學研究來了！

諾　　拉：結果呢？我可以恭喜你嗎？

藍克醫生：嗯，的確可以。

諾　　拉：那結果是好的囉？

藍克醫生：對醫生和患者而言，都是最好的可能，就是——確定。

諾　　拉：（快速且探詢地）確定？

藍克醫生：絕對確定。所以難道我不應該犒賞自己一個愉快的夜晚嗎？

諾　　拉：是，藍克醫生，你說得沒錯。

海 爾 默：我也贊成。只要你明天早上不要為此受苦。

藍克醫生：噢，人生所有的東西都有代價。

諾　　拉：藍克醫生——你是不是很喜歡化裝舞會？

藍克醫生：是啊，特別是有很多有趣的裝扮——

諾　　拉：那你說，我們下一場化裝舞會應該打扮成什麼？

海 爾 默：妳這瘋狂的小東西——已經在想下一次舞會了！

藍克醫生：我們兩個？我告訴妳，妳一定要扮成幸運小童——

海 爾 默：嗯，但要怎麼找到適合的服裝。

藍克醫生：你太太只要以她平常的打扮出現就可以了——。

海爾默：很貼切。那你呢，要扮成什麼？

藍克醫生：喔，我親愛的朋友，這個，我早就決定好了。

海爾默：喔？

藍克醫生：下一場化裝舞會，我要隱形。

海爾默：這是奇特的點子。

藍克醫生：有一種黑色大帽子——你沒聽說過這種能讓人隱形的帽子嗎？一戴上它，沒有人可以看到你。

海爾默：（強忍笑意）啊，當然有。

藍克醫生：我完全忘了我要來幹嘛了。海爾默，給我一支雪茄，要深色哈瓦那的那種。

海爾默：非常樂意。（遞給他菸盒。）

藍克醫生：謝謝。（拿了根雪茄，切掉菸頭）

諾拉：（點燃火柴）讓我替你點火。

藍克醫生：謝謝。（她拿著火柴，讓他點燃雪茄）那麼，再見了。

海爾默：老友，再見，再見。

諾拉：藍克醫生，祝你好眠。

藍克醫生：謝謝妳的祝福。

諾拉：也請同樣祝福我。

藍克醫生：妳？嗯，好，如果妳希望我——。祝妳好眠。謝謝妳的火。（他朝兩人點頭，離開。）

海爾默：（壓低聲音）他最近喝太兇了。

諾拉：（心不在焉）可能吧。（海爾默從口袋拿出一串鑰匙，走向前廳）托瓦德——你要幹嘛？

海爾默：去清理信箱，都塞滿了，明天早上報紙會放不下——

諾拉：你今晚還要工作？

海爾默：妳很清楚我不要。——這是什麼？有人動過鎖了。

諾拉：動過鎖——？

海 爾 默：對，很確定。會是誰——？我想絕不可能是女僕們——？有一枝斷掉的髮夾。諾拉，是妳的——

諾　　拉：（很快地）那一定是孩子們——

海 爾 默：妳得要好好管教他們改掉這習慣。嗯，嗯——好啦，終於打開了。（拿出信箱的東西，對著廚房大喊。）海倫？——海倫，把前廳的燈熄掉。

（他回到房間，關上通往前廳的門。）

海 爾 默：（展示手中的一堆信件）妳看。堆了這麼多。（邊翻邊整理）咦，這是什麼？

諾　　拉：（站在窗前）信！噢，不，托瓦德，不要！

海 爾 默：兩張名片——藍克醫生的。

諾　　拉：藍克醫生的？

海 爾 默：（看著名片）「藍克醫生，內科醫師」。名片放在最上面。一定是他剛走的時候，投入信箱的。

諾　　拉：上面有寫什麼嗎？

海 爾 默：名字上畫有一個黑色的十字架。妳看。真是不吉利。就好像他在宣告自己的死訊。

諾　　拉：他就是這個意思。

海 爾 默：什麼！妳知道些什麼？他跟妳說過什麼？

諾　　拉：嗯。當卡片送來，他就是跟我們道別。他要把自己關起來等待死亡。

海 爾 默：啊，我可憐的朋友！當然，我知道他日子不多。但來得太快了——。還要自己躲起來，像隻受傷的動物。

諾　　拉：如果一定得發生，那麼最好不要用言語。托瓦德，你不覺得是這樣嗎？

海爾默：（來回踱步）他和我們的生活已經密不可分。我沒辦法想像他要離開我們了。他的痛苦和寂寞，讓他好像是烏雲般的背景，映襯著我們充滿陽光的幸福。——，唉，或許這樣最好。至少對他來說。（站住不動）諾拉，或許對我們來說也是。我們兩人要互相依靠。（手臂環抱住她）喔，我親愛的老婆，我覺得再怎麼緊抱住妳都不夠。妳知道嗎，諾拉，——有很多次我希望妳遇到可怕的危險，那樣我才能冒著我的生命、熱血和一切，一切，為了拯救妳。

諾　　拉：（她掙脫開來，堅定地說）托瓦德，現在你必須去看信。

海爾默：不，不，不用今晚。我親愛的老婆，我想要和妳在一起。

諾　　拉：一邊心裡想著快死掉的朋友——？

海爾默：妳說得對。我們都受到驚嚇了。不怎麼美麗的事擋在我們之間，這些有關死亡和腐爛的念頭。我們必須先擺脫它們。在那之前——。我們就各自回房。

諾　　拉：（環抱他的脖子）托瓦德——晚安！晚安！

海爾默：（親親她的臉頰）我的小雲雀，晚安。諾拉，好好地睡。我現在去看信。

（他拿起信件走進他的房間，並把門關上。）

諾　　拉：（眼神渙散，四處摸索，抓起海爾默的斗篷，披在身上，聲音沙啞、急促而不連貫斷地低語）永遠也看不到他了。永遠。永遠。永遠。（將她的披肩圍在頭上）永遠再也看不到孩子們。看不到他們。永遠，永遠。——喔，那冰冷漆黑的水！噢，深不見底，——往下——。喔，希望已經結束。——他現在拿著那封信，他正在看。喔，不，不，還沒有。托瓦德，再見，還有孩子們——（正當她要衝向前廳，海爾默突然推開房門，手上拿著打開的信，站在那裡。）

海爾默：諾拉！

諾　拉：（尖叫）啊——！

海爾默：這是什麼？妳知道信裡面寫了什麼嗎？

諾　拉：對，我知道。讓我走！讓我出去！

海爾默：（抓住她）妳要去哪裡？

諾　拉：（試圖掙脫）托瓦德，你不要拯救我！

海爾默：（搖晃後退）是真的！信上寫的都是真的？太可怕了！不，不，這不可能是真的。

諾　拉：是真的。我始終愛你勝過世界的一切。

海爾默：不要用那些愚蠢的藉口。

諾　拉：（往前一步靠近他）托瓦德——！

海爾默：妳這不幸的東西——妳做了什麼好事！

諾　拉：讓我走吧。你不必為我擔起一切。你不必攬在你身上。

海爾默：不要再演戲了。（把往前廳的門鎖上）妳就待在這裡，給我一個解釋。妳知道妳做了什麼嗎？回答我！妳了解嗎？

諾　拉：（她定眼直視他，表情越來越冷漠）是。現在我確定我開始了解了。

海爾默：（大步走來走去）噢，多可怕的覺醒。這八年來——她是我的喜悅、我的驕傲——竟是個偽君子、騙子——更糟，更糟——還是個罪犯！噢，一切是這麼地醜陋！丟臉，真是丟臉！

（諾拉不發一語，繼續盯著他看。）

海爾默：（在她面前停住）我應該想到像這樣的事情會發生。我早該想到。妳父親所有薄弱的價值觀。——安靜！妳遺傳妳父親所有薄弱的價值觀。沒有宗教，沒有道德，沒有責任感——。喔，當初我假裝沒看到他做的事，現在受到懲罰了。我為了妳才那樣做的，而妳竟是這樣回報我。

諾　拉：對，這樣回報。

海爾默：妳摧毀我所有的幸福。妳丟掉我全部的未來。噢，想到就覺得可怕。我現在受一個卑鄙小人的擺布。他可以對我予取予求，隨他高興要求我、命令我、處置我——我連氣都不敢吭一聲。落入悲慘的深淵被毀滅，全因為一個愚蠢的女人！

諾　拉：當我從這個世界消失，你就自由了。

海爾默：喔，不要再裝腔作勢了。妳父親也老是說這種話。如果妳消失在這世界上，像妳說的，對我有什麼好處？一點好處也沒有。他還是可以將整件事鬧開，這樣，我可能會被誤以為是妳的同黨。他們甚至會以為我是幕後的主謀——是我指使妳的！這一切都要謝謝妳，妳這個我從結婚以來，就一直捧在掌心呵護的女人。現在，妳明白妳對我做了什麼嗎？

諾　拉：（冷淡平靜地）明白。

海爾默：真是太難以相信了，我實在無法理解。但我們必須處理。拿掉披肩。我說，拿掉！我得想辦法安撫他，這件事一定不能讓別人知道，不管要花多少代價。——至於妳和我，一切必須看起來像以前一樣。當然這只是給外人看的。不用說，妳還是要繼續住在這屋子裡。但妳不准養育小孩，我不放心將他們交給妳——。喔，我竟然必須對我一直深愛的女人說這樣的話，而我對她還是——！嗯，那必須結束。從現在開始，不用談什麼幸福，重要的是還能挽救什麼殘骸，碎片，外殼——

（門鈴響起。）

海爾默：（嚇了一跳）會是誰？這麼晚了。難道最可怕的——？難道他——？諾拉，躲起來！說妳生病。

（諾拉仍然一動也不動地站著。海爾默走去開往前廳的門。）

女僕：（穿著不整地站在前廳）給海爾默太太的信。

海爾默：給我。（攫走信，關門）沒錯，是他寫來的。妳不用看，我自己看。

諾拉：你看吧。

海爾默：（站在燈旁）我幾乎沒有勇氣打開。我們可能都完了，妳和我。不，我必須知道。（匆忙地撕開信封，大略地看過幾行，瞄了一眼所附的東西，然後高興得大叫）諾拉！（諾拉以詢問的眼光看著他）諾拉！——等等，我必須再確認一次。——對，對，沒錯。我得救了！諾拉，我得救了！

諾拉：那我呢？

海爾默：當然妳也是。我們兩個都得救了，妳跟我兩個。妳看。他把妳的借據寄回來了。他說他很抱歉，感到羞愧——他生命中出現一個快樂的轉機——噢，誰在乎他寫什麼！諾拉，我們得救了！沒有人可以傷害妳。喔，諾拉，諾拉——。不，首先得除掉這醜陋的東西。我看看——（看了一眼借據）不，我不想要看，我希望整件事情像夢境一樣消失。（把借據和兩封信件都撕碎丟進壁爐裡，看著它們燃燒）好了，現在什麼也沒留下。——他寫說自從聖誕夜，妳——。噢，諾拉，這三天對妳來說一定很可怕。

諾　　拉：這三天我打了一場硬仗。

海 爾 默：還受盡痛苦，看不到出路，除了——。不，我們不要再想這醜陋的事。我們只要快快樂樂，不斷地說：一切都結束了，都結束了！諾拉，妳聽到了嗎？妳好像不明白——都結束了。怎麼了——為什麼妳的表情冷淡？噢，可憐的諾拉，我明白了，妳不敢相信我已經原諒妳了。諾拉，我已經原諒妳了，我發誓：我原諒妳所做的一切。我知道妳那麼做，是出於對我的愛。

諾　　拉：這是真的。

海 爾 默：妳一直像妻子應該愛她丈夫那樣地愛我，只是妳沒有足夠的洞察力判斷方法。難道妳認為我會少愛妳一些，因為妳不知道怎麼自己處理事情？不，不會，妳只要依靠我，我會指引妳，我會教導妳。如果妳那女性的無助沒有使妳加倍迷人，那我就不是男人。我剛剛震驚下說的重話，妳不可以放在心裡，當時我以為一切都已經崩塌了。諾拉，我已經原諒妳。我對妳發誓，我已經原諒妳了。

諾　　拉：多謝你的原諒。

（她從右邊的門離開。）

海爾默：不，別走——（朝裡面看）妳在裡面做什麼？

諾　拉：（在裡面）脫掉舞衣。

海爾默：（站在打開的門旁）好，換下來。我受到驚嚇的小雲雀，試著平靜一下，回神過來。現在好好安心休息，我有寬大的翅膀可以保護妳。（在門邊走來走去）喔，諾拉，我們家真是舒適美麗。這是妳的庇護所，我會好好照顧妳，就像是我從老鷹爪子中救出來的鴿子一樣。我會撫平妳可憐、顫抖的心。諾拉，妳漸漸就會恢復，相信我。明天妳對這件事會有完全不一樣的看法，很快一切就會跟以前一樣，我也不必一再告訴妳我原諒妳了，妳自己肯定會感受到的。妳怎麼會以為我想要拒絕妳，或甚至責怪妳？啊，諾拉，妳不懂男子漢的心。對一個男人來說，知道自己已經原諒妻子——以真誠無保留的心原諒她，有一種難以形容的甜蜜和滿足。就好像她成為他的雙重財產。可以說，男人帶她回到世界上重生，她不僅變成他的妻子也是他的孩子。我可憐無助的小東西，現在起妳對我來說就是這樣。諾拉，不要害怕任何東西，只要妳對我敞開妳的心，我會做妳的良心和意志。——（諾拉穿著日常服裝出來）怎麼了？還不睡？妳換這身衣服？

諾　拉：是的，托瓦德，我換上這身衣服。

海爾默：為什麼？已經很晚了——？

諾　拉：我今晚不睡。

海爾默：可是，親愛的諾拉——

諾　　拉：（看著她的錶）現在還不太晚。托瓦德，坐下來。我們有很多事要談。（她坐在桌子的一頭。）

海 爾 默：諾拉——怎麼回事？妳的表情冷淡——

諾　　拉：坐下。這會花些時間。我有很多話要告訴你。

海 爾 默：（坐在桌子另一頭，正對諾拉）諾拉，妳讓我擔心。我不了解妳。

諾　　拉：對，就是這個。你不了解我。而我也從不了解你——直到今晚。不，不要插嘴。你就只要聽我說。——托瓦德，這是結清帳戶。

海 爾 默：那是什麼意思？

諾　　拉：（暫停片刻後）我們像這樣坐著，沒有讓你想到什麼嗎？

海 爾 默：會是什麼？

諾　　拉：我們已經結婚八年了。難道你沒發現，這是我們兩個，你和我，丈夫和妻子，第一次認真地談論事情？

海 爾 默：嗯，認真——什麼意思？

諾　　拉：在這整整八年——不，更久——從我們第一次見面開始，我們從來沒有認真地對嚴肅的事情交換過想法。

海 爾 默：難道我應該不斷地告訴妳，那些妳也沒辦法幫我分攤的煩惱？

諾　　拉：我不是在說煩惱，我是說我們從來沒有真正坐下來把事情說清楚。

海 爾 默：可是，親愛的諾拉，那樣真的適合妳嗎？

諾　　拉：這就是問題所在。你從來沒有了解過我。——托瓦德，我一直受到很多不公平的對待。一開始是被爸爸，然後是你。

海 爾 默：什麼！被我們兩個，——我們兩個比誰都愛妳啊？

諾　　拉：（搖頭）你們兩個從未愛過我。你只是覺得和我談戀愛很有趣。

海 爾 默：啊，諾拉，妳說的是什麼話？

諾　　拉：沒錯，托瓦德，就是這樣。當我住在爸爸家，他告訴我他所有的想法，所以我也有相同的想法；當我有不同的想法，我就隱藏在心裡，因為他不會喜歡。他說我是他的玩偶小孩，他陪我玩就像我跟我的玩偶玩一樣。然後我來到你家——

海 爾 默：妳怎麼能那樣形容我們的婚姻？

諾　　拉：（不為所動）我是說，我從爸爸的手上，被交到你的手上。你按照你的品味安排每一件事情，所以我有了跟你一樣的品味，或者我只是假裝一樣，我真的分不清——；我猜都有吧，有時這樣，有時那樣。現在回想起來，我住在這裡就像個窮人——勉強餬口。托瓦德，我靠著為你表演一些小把戲維生。而那正是你想要的。你和爸爸這樣對我是極大的罪過。我一事無成都是你們的錯。

海 爾 默：諾拉，妳這樣很不公平也不知感恩！妳在這裡不幸福嗎？

諾　　拉：對，從來沒有。我曾認為我幸福——但事實上我從來沒有。

海 爾 默：不——不幸福！

諾　　拉：沒錯，只是愉快。你總是對我這麼好，但我們家不過是個遊戲間。我在這一直是你的玩偶妻子，就像在老家我是爸爸的玩偶小孩。接著，輪到孩子們成為我的玩偶。你和我玩的時候，我覺得很好玩，就像我跟孩子們玩的時候，他們覺得好玩一樣。托瓦德，那就是我們的婚姻。

海 爾 默：妳說的話有些道理——雖然說得太誇張、太情緒化。但在這之後，一切都會不同。遊戲時間結束，現在要開始上課了。

諾　　拉：是誰需要上課？我還是孩子們？

海 爾 默：我親愛的諾拉，妳和孩子們都要。

諾　　拉：唉，托瓦德，要教導我成為適合你的妻子，你不是那個人。

海 爾 默：妳怎麼會這樣說？

諾　　拉：而我，——我怎麼有資格教養我們的孩子？

海 爾 默：諾拉！

諾　　拉：你不是剛剛才說過，——你不敢將那項工作託付給我。

海 爾 默：一時暴怒下說的！為什麼要耿耿於懷？

諾　　拉：噢，但你說得對極了。我無法承擔那工作。而且有另一件工作需要先解決。我必須試著教育我自己。你不是那個適合幫助我的人。我必須自己做這件事。所以現在我要離開你。

海 爾 默：（跳起來）妳說什麼？

諾　　拉：如果我想要瞭解自己和外面的世界，我必須要完全地獨立。所以我無法再和你一起住了。

海 爾 默：諾拉，諾拉！

諾　　拉：我會馬上離開。克莉絲汀肯定會收留我住一晚——

海 爾 默：妳瘋了！我不准！我禁止妳離開！

諾　　拉：從現在開始，禁止我做任何事都是沒用的。我只會帶走屬於我的東西。我不想要你的任何東西，不管是現在或以後。

海 爾 默：這是在發什麼瘋啊！

諾　　拉：明天我會回家——我是指，回我老家。在那裡我比較容易找到事做。

海 爾 默：噢，妳這個盲目、沒見過世面的人！

諾　　拉：托瓦德，所以我必須出去見見世面。

海 爾 默：拋棄妳的家、妳的丈夫、妳的孩子！妳完全沒有想到其他人會怎麼說。

諾　　拉：我無法顧慮到那點，我只知道我必須要做的。

海 爾 默：噢，真是離譜。妳竟然要這樣背棄妳最神聖的責任。

諾　　拉：你覺得我最神聖的責任是什麼？

海 爾 默：這還要我告訴妳嗎！不就是妳對妳丈夫和孩子們的責任？

諾　　拉：我有其他同樣神聖的責任。

海 爾 默：妳沒有。別的責任又是什麼？

諾　　拉：對我自己的責任。

海 爾 默：妳首先最重要的是做個妻子和母親。

諾　　拉：我再也不相信那種說法。我相信我得先做個人，就跟你一樣——或者，至少我必須要試著成為一個人。托瓦德，我當然知道，多數人會說你是對的，書上也都是那樣寫。但是我再也無法對多數人說的和書上說的感到滿足。我必須自己思考，然後去了解。

海 爾 默：為什麼妳就不能了解妳在這個家的位置？對這些問題，難道妳沒有永恆的指引？妳不是有妳的宗教信仰嗎？

諾　　拉：唉，托瓦德，我並不確定宗教是什麼。

海 爾 默：妳在說什麼！

諾　　拉：我知道的只有我受堅信禮時，韓森牧師告訴我的。他告訴我宗教是這樣、那樣的。當我離開這裡自己一個人，我也會深入了解。我想知道韓森牧師所說的是否是對的，或者，至少對我來說是不是對的。

海爾默：噢，從沒聽過年輕的女人竟然講出這樣的話！如果宗教無法指引妳，那麼讓我喚起妳的良知。妳的確有一些道德感吧？還是，回答我——或許妳沒有？

諾　拉：噢，托瓦德，那不是容易回答的問題。我真的不知道。我對這些事情非常困惑。我只知道我對他們的看法和你很不一樣。我也才發現法律根本不是我所想的那樣——而這樣的法律會是對的，我絕對無法相信。一個女人沒有權利保護她即將死去的父親，或是拯救她丈夫的性命！我不相信這樣的法律。

海爾默：妳講話像個小孩。妳不懂妳所生存的社會。

諾　拉：對，我不懂。但現在我要開始學習。我必須弄清楚誰才是對的：是這個社會，還是我。

海爾默：諾拉，妳生病了。妳在發燒，我簡直認為妳瘋了。

諾　拉：我從來沒有像今晚這樣地清醒確定。

海爾默：清醒、確定地要離開妳的丈夫和小孩？

諾　拉：對，沒錯。

海爾默：那只有一個可能的解釋。

諾　拉：是什麼？

海爾默：妳不再愛我了。

諾　拉：對，就是這樣。

海爾默：諾拉！——妳怎麼能這樣說！

諾　拉：喔，托瓦德，我也很痛苦，因為你一直都對我這麼好。可是我沒辦法。我不再愛你了。

海爾默：（努力保持鎮定）對這點妳也是清醒、確定的嗎？

諾　拉：對，完全清醒確定。這就是為什麼我不想再待在這裡。

海爾默：妳能不能告訴我，我是怎麼失去妳的愛？

諾　拉：嗯，我可以告訴你。就在今天晚上，神奇的事情沒有發生，我當時才明白你不是我想像中的男人。

海爾默：解釋清楚一點，我聽不懂。

諾　拉：這八年來我一直耐心地等待——因為，老天啊，我知道神奇的事不會每天都有。這次大禍臨頭，我十分確定：神奇的事終於要發生了。克洛斯塔的信放在那裡——我從來沒有想過你會接受他的條件。我原本堅信你會告訴他：去吧，去告訴全世界。然後——

海爾默：然後怎麼樣？在我讓我的妻子遭受羞辱後——！

諾　拉：在他把事情鬧開後，我確信你絕對會站出來扛起一切，說：「犯罪的是我。」

海爾默：諾拉——！

諾　拉：你是不是在想我絕不可能接受你的犧牲？沒錯，當然不可能。可是我跟你抗議有用嗎？——這就是我在恐懼中等待又盼望的神奇的事情。而為了防止它發生，我想要結束生命。

海爾默：諾拉，我很願意為妳日夜工作，——為妳忍受悲傷痛苦。可是，沒有人會為了所愛的人犧牲名譽。

諾　拉：幾十萬個女人都曾這樣做。[2]

海爾默：噢，妳的想法和說的話就像個愚蠢的小孩。

諾　拉：或許吧。但你的想法和說的話，也不像我可以共同生活的男人。當你最害怕的事過了——而你害怕的不是因為我受到威脅，是因為你受到波及，當所有的危險

[2] 原文的數目為精準的十萬（極少數英文譯者保留，如Reinert），多數英文譯者可能認為太精準顯得奇怪，而且都增加人數，有的成為數百萬（如Fjelde），或數十萬（如Dawkin）。譯者當時所在國家的人口數或許影響判斷，若依劇本時空的邏輯，挪威在十九世紀人口總數不過約四百多萬人。

都結束了——對你來說，就好像什麼都沒發生過。我還是跟以前一樣，是你的小雲雀、你的玩偶，你會加倍地放在手掌心呵護，因為它是那麼脆弱、易碎。（站起來）托瓦德——就在那一瞬間，我才突然明白，原來這八年來我一直跟一個陌生人住在這裡，還跟他生了三個孩子——。噢，我一想到就受不了！我會把自己撕成碎片。

海爾默：（沈重地）我懂，我懂。我們之間有很大的鴻溝。——喔，可是，諾拉，難道我們不能把它填補起來嗎？

諾　拉：我現在這個樣子，不適合當你的妻子。

海爾默：我有力量成為不同的人。

諾　拉：或許吧——如果把你的玩偶拿開。

海爾默：要分開——要跟妳分開！不，諾拉，不要，我無法想像。

諾　拉：（走進右邊的房間）這更表示我們一定得要分開。（她回來，拿著外出服和一個小旅行袋，把東西放在桌旁的椅子上。）

海爾默：諾拉，諾拉，不要現在！等到明天吧。

諾　拉：（穿上外套）我沒辦法在陌生人的房間過夜。

海爾默：難道我們不能像兄妹一樣住在這裡——？

諾　拉：（戴上帽子）你很清楚，那不會長久——。（圍上她的披肩）托瓦德，再見。我不進去看孩子了，我知道有人比我更會照顧他們。我現在這樣子，對他們沒有任何用處。

海爾默：諾拉，也許有一天，——有一天——？

諾　拉：我怎麼會知道呢？我連我自己會變什麼樣都不知道。

海爾默：可是，妳是我的妻子，不管是現在或未來的妳。

諾　　拉：托瓦德，聽好——我聽說要是妻子離開丈夫的家，就像我現在做的，法律免除丈夫對她該負的所有義務責任。無論如何，我免除你對我的責任。你不要覺得被束縛，就像我也不要被束縛。我們雙方有絕對的自由。拿去，戒指還給你。我的也還給我。

海爾默：這也要？

諾　　拉：也要。

海爾默：拿去。

諾　　拉：好了。嗯，現在一切都結束了。鑰匙我放這裡。女僕們知道這房子該打點的每件事——比我更清楚。明天我出城之後，克莉絲汀會來這裡打包我從老家帶來的東西。我希望把它們寄給我。

海爾默：結束，都結束了！諾拉，妳再也不會想到我嗎？

諾　　拉：我肯定會常常想到你，想到孩子們，還有這個家。

海爾默：諾拉，我可以寫信給妳嗎？

諾　　拉：不，——絕對不要。你不能那麼做。

海爾默：喔，至少讓我寄給妳——

諾　　拉：不，什麼都不要。

海爾默：——讓我幫妳，如果妳需要的話。

諾　　拉：我說，不必。我不接受陌生人的東西。

海爾默：諾拉——在妳的眼中，我永遠就只是個陌生人嗎？

諾　　拉：（拿起包包）唉，托瓦德，那麼最神奇的事必須發生。——

海爾默：告訴我什麼是最神奇的事！

諾　　拉：你和我都需要大大地改變，所以——。喔，托瓦德，我已經不再相信任何神奇的事了。

海爾默：但我願意相信。告訴我！要大大地改變，所以——？

諾　　拉：所以我們在一起生活就可以稱為婚姻。[3]再見。

（她從前廳走出去。）

海 爾 默：（跌坐在門旁的椅子上，把臉埋進雙手）諾拉！諾拉！（環顧四周，然後起身）空蕩蕩。她走了。（一絲希望閃過）最神奇的事——？！

（樓下傳來砰的關門聲）

全劇終

3 此處我把「成為」改成「稱為」。原文只有「成為婚姻」，多數譯文改為「成為真正的婚姻」比較通順。婚姻在十九世紀挪威是正面神聖的字眼，所以這句話才會區分共同生活和婚姻是兩件不同的事情，能稱之為婚姻的，必須是真實的，因此也不需要「真正」來修飾婚姻。參考Egil Törnqvist, pp.61-62.

附　錄

亨里克・易卜生（Henrik Johan Ibsen）年表[1]

1828　出生於挪威的希恩（Skien），位於克里斯欽尼亞（Christiania，今天的奧斯陸）南方約一百公里。父親Knud Ibsen為木材經銷商。

1833　開始上學。

1835　父親破產，財產被拍賣。一家人搬到希恩東方附近的一個農場。

1843　到格林姆斯塔（Grimstad，大約位於希恩南方110公里）當藥劑師學徒。

1846　比易卜生年長十歲的藥房女僕（Else Sophie Jensdatter）生下易卜生的私生子。經濟困頓的易卜生勉強支付扶養費到1862年。

1849　完成第一個劇本《卡提黎納》（*Catilina*），以古羅馬政治家Lucius Catilina為主角的同名歷史劇。第一首詩〈在秋天〉（*I høsten*）刊登於報紙。

1850　四月以筆名Brynjulf Bjarme出版《卡提黎納》，並未獲成功。

前往克里斯欽尼亞準備與參加大學入學考試未獲錄取。

獨幕劇劇本《武士冢》（*The Burial Mound*）九月在克里斯欽尼亞劇院（Christiania Theater）上演，為易卜生第一個被演出的劇本。

1　此年表參考多重來源，主要則為「美國易卜生協會」網頁搭配地圖的年表（The Ibsen Society of America），以及Deborah Dawkin & Erik Skuggevik, trans., pp.ii-xiv.

1851　與朋友創辦刊物（包括*Manden*與*Andhrimner*）。因為作詞，受著名小提琴大師Ole Bull賞識，應邀到卑耳根的「挪威劇院」（Det norske Theatre）擔任駐院劇作家與製作人（後為舞臺經理）。

1852　到哥本哈根和德斯登研究丹麥與德國劇場約三個月。

1853　一月《聖約翰日前夕》（*St. John's Eve*）於挪威劇院上演。

1855　一月《奧斯特拉特的英格夫人》（*Lady Inger of Ostrat*）於挪威劇院演出。

1856　《索爾豪格的盛宴》（*The Feast at Solhaug*）在挪威劇院演出，為易卜生首部成功之作，隨後並於克里斯欽尼亞劇院演出，且出版成書。

與Suzannah Thoresen訂婚。

1857　《奧拉夫．里列克藍斯》（*Olaf Liljekrans*）於挪威劇院首演，觀眾反映不佳。

夏季搬到克里斯欽尼亞，受僱於克里斯欽尼亞挪威劇院（Kristiania norske Theater）擔任藝術總監。

1858　六月與Suzannah Thoresen結婚。

第七個劇作《海爾格蘭的維京人》（*The Vikings at Helgeland*）在克里斯欽尼亞劇院（Kristiania Theater）首演，極獲好評。

1859　十二月兒子Sigurd Ibsen出生（唯一的婚生兒子）。

長詩〈在荒野〉（*Paa Vidderne*）發表於期刊。

1860-62　因為欠債與欠稅，被債權人告上法庭。此段期間，易卜生開始酗酒，且與家人被迫數次搬家。工作上，易卜生被批評為疏忽、沒有效率，所選的劇目亦備受批評。他的史詩*Terje Vigen*發表於期刊。

1862　克里斯欽尼亞挪威劇院破產，易卜生失去正職。在期刊發表劇作《愛情喜劇》（*Love's Comedy*）。

獲得大學補助，到挪威西部蒐集挪威民間故事與傳說。

1863　一月獲聘為克里斯欽尼亞劇院藝術顧問，而得以償還多數債務。得到政府補助旅費400 spesidaler。[2]

十月《覬覦王位的人》（*The Pretenders*）出版一千兩百五十本。

1864　一月《覬覦王位的人》於克里斯欽尼亞劇院演出，極為成功。

四月離開挪威，經由哥本哈根、柏林、維也納，最後到羅馬定居，自此將自我流放逐二十七年。

1866　詩劇《布朗德》（*Brand*）三月在哥本哈根出版一千兩百五十本，年底前已三度重刷。此劇廣受好評，為易卜生寫作生涯的大突破，使其獲得財務的穩固。挪威政府給予每年400 spesidaler的津貼與新的旅遊補助。

1867　十一月出版詩劇《皮爾・金》（*Peer Gynt*）一千兩百五十本，讚譽勝過《布朗德》，兩周後即增加數量重刷。

1868　十月初搬到德國的德勒斯登，接下來七年定居於此。

1869　九月底出版《青年同盟》（*The League of Youth*）兩千本。十月於克里斯欽尼亞劇院演出。

十月以挪威官方代表的身分參加埃及蘇伊士運河啟用典禮。

1871　五月出版唯一的詩選集《詩集》（挪威文*Digte*）四千本。

1873　十月出版歷史劇《皇帝與加利利人》（*Emperor and Galilean*）四千本，十二月再印兩千本。

十一月《愛情喜劇》於克里斯欽尼亞劇院演出。

[2] 根據Deborah Dawkin & Erik Skuggevik，在1870年，男性教師一年約賺250 spesidaler。

1874　易卜生與家人離開挪威十年後，於七月首度回到克里斯欽尼亞，一直待到九月。

1875　《卡提黎納》出版修訂版，慶祝易卜生寫作二十五年。

為了兒子教育的原因，四月從德勒斯登搬到慕尼黑定居。

1876　《皮爾·金》於克里斯欽尼亞劇院首演，音樂編曲為Edvard Grieg。

《海爾格蘭的維京人》在慕尼黑法庭劇院（Hoftheater）首演，成為易卜生首齣在斯勘地那維亞半島外的製作。

1877　九月獲瑞典烏普薩拉大學頒贈榮譽博士學位。

十月出版《社會棟樑》（*The Pillars of Society*）七千本，並於十一月在丹麥（Odense Theater）首演。

1878　九月搬回義大利羅馬。

1879　七月開始到南義阿瑪菲海岸一帶旅遊，在此撰寫大部分的《玩偶之家》（*A Doll's House*），後續到蘇連多，九月回到羅馬，十月搬回慕尼黑。

十一月出版《玩偶之家》八千本，十二月在哥本哈根的皇家劇院首演。

1880　十一月搬回羅馬。

1881　六月到蘇連多，在此撰寫《群鬼》（*Ghosts*），十二月出版一萬本，受到極嚴厲的批評，影響後續易卜生書籍的銷售。

1882　五月《群鬼》在美國芝加哥首演。

十一月《全民公敵》（*An Enemy of the People*）出版一萬本。

1883　一月《全民公敵》於克里斯欽尼亞劇院首演。

1884　十一月《野鴨》（*The Wild Duck*）出版八千本。

1885　一月《野鴨》於卑爾根的國家舞臺（Den Nationale Scene）首演。

與妻子六月回到挪威（距離上次約十一年），九月經由哥本哈根回歐陸，十月再度到慕尼黑，接下來六年居住於此。

十二月《布朗德》在斯德哥爾摩的新劇院首演。

1886　十一月出版《羅斯莫莊園》（*Rosmersholm*）八千本。

1887　一月《群鬼》終於在歐洲演出，由柏林的Residenz-Theater製作，造成轟動。

一月《羅斯莫莊園》在卑爾根的國家舞臺首演。

七月到十月間，於丹麥和瑞典度夏。

1888　易卜生六十歲，在斯勘地那維亞和德國都有慶祝活動。

十一月出版《海上夫人》（*Thw Lady from the Sea*）一萬本。

1889　二月《海上夫人》在德國威瑪的法庭劇院與挪威的克里斯欽尼亞劇院首演。

六月倫敦的Novelty Theatre演出《玩偶之家》，由Janet Achurch扮演諾拉，成為英國第一個易卜生成功的製作，後來並世界巡演。

於北義大利的Gossensass度夏，認識來自維也納的年輕少女Emilie Bardach。

1890　André Antoine在巴黎的自由劇場（the Théâtre Libre）製作《群鬼》，為法國的一大突破。

十二月出版《海妲・蓋卜勒》（*Hedda Gabler*）一萬本，翻譯本幾乎同時在柏林、倫敦、與巴黎出版

1891 一月《海妲・蓋卜勒》在慕尼黑首演。

倫敦的幾家劇院製作幾齣易卜生的不同劇作，其中包括新成立的獨立劇院（Independent Theatre）三月私下演出《群鬼》，引起公眾強烈抗議與批評。

蕭伯納出版《易卜生主義精華》（*The Quintessence of Ibsenism*）。

七月回到挪威，將在克里斯欽尼亞終老。

1892 十二月出版《大建築家》（*The Master Builder*）一萬本。兒子Sigurd與另一大文豪Bjørnstjerne Bjørnsonk的女兒Bergliot結婚。

1893 一月《大建築家》於柏林（Lessingtheatre）首演，並由William Archer和Edmund Gosse翻譯成英文於二月在倫敦首演。

六月倫敦的Haymarket Theatre演出《人民公敵》，為易卜生在英國舞臺的首次商業成功製作。

1894 十二月出版《小艾爾夫》（*Little Eyolf*）一萬本。

1895 一月《小艾爾夫》在柏林德意志劇院（Deutsches Theater）首演。

1896 十二月出版《約翰・蓋卜瑞・柏克曼》（*John Gabriel Borkman*）一萬兩千本。

1897 一月《約翰・蓋卜瑞・柏克曼》在赫爾辛基的瑞典語劇院（Svenska Teatern）與芬蘭語劇院（Suomalainen Teaatteri）首演。

1898 哥本哈根的出版社（Gyldendal）出版易卜生作品全集；克里斯欽尼亞、哥本哈根、斯德哥爾摩等城市均公開舉行慶祝易卜生七十歲生日活動。

挪威和德國亦開始陸續出版易卜生作品全集。

1899 十二月出版最後一個劇本《當我們死人醒來時》（*When We Dead Awaken*）一萬兩千本。

1900 一月《當我們死人醒來時》於德國斯圖加特法庭劇院首演。

三月易卜生第一次中風，接下來身體日益惡化。

1903 第二次中風。

1906 五月二十三日於克里斯欽尼亞家中辭世。

兩年內英國William Archer完成翻譯編輯英文版《易卜生全集》（*The Collected Works of Henrik Ibsen*）共十二冊。

參考書目

Akerholt, May-Brit. "'I had not better return with you to the croft then, Nils, had I?': The Text, The Whole Text, And Nothing But the Text in Translation." *About Performance*, no. 1(1993):1-13.

Arntzen, Ragnar and Gunhild Braenne Bjørnstad. "The Lark's Lonely Twittering: An Analysis of the Monologues in *A Doll's House.*" *Ibsen Studies*, vol. 19, no. 2 (2019): 88-121.

Bentley, Eric. "How Free is Too Free." *American Theatre* (November, 1985):10-13.

Dawkin, Deborah and Erik Skuggevik trans. *A Doll's House.* In *A Doll's House and Other Plays*. New York: Penguin, 2016.

Durbach, Errol. "Translating Et Dukkehjem into A Doll's House." In *A Doll's House: Ibsen's Myth of Transformation*. Boston: Twayne Publishers, 1991.

Ewbank, Inga-Stina. "Henrik Ibsen: National Language and International Drama." *Contemporary Approaches to Ibsen*, vol. VI. Ed. Bjorn Hemmer and Vigdis Ystad. Oslo: Norwegian University Press, 1988. pp.57-67.

Ewbank, Inga-Stina. "Translating Ibsen for the Contemporary English Stage." *Theatre Research International*, vol. 2, 1976, pp. 44-53.

Fjelde, Rolf trans. *A Doll House.* In *Ibsen: the Complete Major Prose Plays*. New York: Penguin, 1978.

Haugen, Einar. "The Nuances of Norwegian." In *Ibsen's Drama: Author to Audience*. Minneapolis: University of Minnesota, 1979.

Holledge, Julie, et al. *A Global Doll's House: Ibsen and Distant Visions*. London: Palgrave, 2016.

Le Gallienne, Eva. "Introduction." In *Eight Plays by Henry Ibsen*. New York: Random House, 1982.

Moi, Toril. " 'First and Foremost a Human Being' : Idealism, Theatre, and Gender in A Doll's House." *Modern Drama*, vol. 49, no. 3(2006):256-284.

Moi, Toril. *Henrik Ibsen and the Birth of Modernism: Art, Theatre, Philosophy*. Oxford University Press, 2005.

Reinert, Otto trans. *A Doll's House* in *Types of Drama: Plays and Essays*. Ed. Sylvan Barnet, Morton Berman and William Burto. Boston: Scott, Foresman and Company, 1989.

Rem, Tore. "Introduction." In *A Doll's House and Other Plays*. Trans. Deborah Dawkin and Erik Skuggevik. New York: Penguin, 2016.

Sandberg, Mark B. *Ibsen's Houses: Architectural Metaphor and the Modern Uncanny*. Cambridge: Cambridge University Press, 2015.

Smidt, Kristian. "Ideolectic Characterisation in *A Doll's House*." *Scandinavia*, vol. 41, no. 2(2002):191-206.

Tam, Kwok-Kan. *Ibsen in China: Reception and Influence*. Unpublished PhD dissertation, University of Illinois, 1984.

Törnqvist, Egil. "Translating '*Et Dukkehjem*.'" In *Ibsen: A Doll's House*. New York: Cambridge University Press, 1995.

Van Laan, Thomas. "English Translations of *A Doll House*." In *Approaches to Teaching Ibsen's A Doll House*. Ed. Yvonne Shafer. New York: The Modern Language Association of America, 1985.

Venuti, Lawrence. "The Translator's Invisibility." *Criticism: A Quarterly for Literature and the Arts*, vol. 28, no. 2(1986):179-212.

呂健忠譯：《玩偶家族》，收錄於《易卜生戲劇全集（二）家庭倫理篇》，臺北：左岸文化出版，2004年。

紀蔚然：〈敘述之驅魔儀式：《娃娃之家》的形構過程〉，《現代戲劇敘事觀：建構與解構》，臺北：書林，2006年。

張中良：《五四時期的翻譯文學》，臺北：秀威出版，2005年。

許慧琦：〈「娜拉」在中國：新女性形象的塑造及其演變（1900s~1930s）〉，臺北：國立政治大學歷史系博士論文，2001年。

許邏灣譯：《玩偶之家》，臺北：淡江大學出版，2014年。

劉森堯譯：《玩偶之家》，臺北：書林出版社，2001年，2006年。

潘家洵譯：《娜拉》，收錄於《易卜生集（上）》，臺北：臺灣商務印書館股份有限公司，2001年（七版）。

網路資源

Gussow, Mel. "Rolf Fjelde, 76, a Translator And Champion of Ibsen Plays." Sept. 13, 2002. https://www.nytimes.com/2002/09/13/theater/rolf-fjelde-76-a-translator-and-champion-of-ibsen-plays.html，讀取日期2020年4月6日。

http://runeberg.org/dukkhjem/，讀取日期2020年4月6日。

https://www.ibsen.uio.no/DRVIT_Du%7CDuht.pdf，讀取日期2020年4月6日。

https://www.skapago.eu/en/bokmal-nynorsk/ ，讀取日期 2020年 4月 6日。

新美學52　PH0242

新銳文創
INDEPENDENT & UNIQUE

新譯《玩偶之家》

譯　　者	林雯玲
責任編輯	尹懷君
圖文排版	陳秋霞
封面設計	王嵩賀

出版策劃	新銳文創
發 行 人	宋政坤
法律顧問	毛國樑　律師
製作發行	秀威資訊科技股份有限公司 114 台北市內湖區瑞光路76巷65號1樓 電話：+886-2-2796-3638　傳真：+886-2-2796-1377 服務信箱：service@showwe.com.tw http://www.showwe.com.tw
郵政劃撥	19563868　戶名：秀威資訊科技股份有限公司
展售門市	國家書店【松江門市】 104 台北市中山區松江路209號1樓 電話：+886-2-2518-0207　傳真：+886-2-2518-0778
網路訂購	秀威網路書店：https://store.showwe.tw 國家網路書店：https://www.govbooks.com.tw

出版日期	2021年1月　BOD一版
定　　價	250元

Printed in Taiwan

國家圖書館出版品預行編目

新譯<<玩偶之家>> / 亨里克.易卜生作 ; 林雯玲
譯. -- 一版. -- 臺北市 : 新銳文創, 2021.01
面 ;　公分. -- (新美學 ; 52)
BOD版
譯自 : Et dukkehjem
ISBN 978-986-5540-25-8(平裝)

881.455　　109019211

讀者回函卡

感謝您購買本書，為提升服務品質，請填妥以下資料，將讀者回函卡直接寄回或傳真本公司，收到您的寶貴意見後，我們會收藏記錄及檢討，謝謝！如您需要了解本公司最新出版書目、購書優惠或企劃活動，歡迎您上網查詢或下載相關資料：http:// www.showwe.com.tw

您購買的書名：________________________________

出生日期：________年________月________日

學歷：□高中（含）以下　□大專　□研究所（含）以上

職業：□製造業　□金融業　□資訊業　□軍警　□傳播業　□自由業

□服務業　□公務員　□教職　□學生　□家管　□其它______

購書地點：□網路書店　□實體書店　□書展　□郵購　□贈閱　□其他

您從何得知本書的消息？

□網路書店　□實體書店　□網路搜尋　□電子報　□書訊　□雜誌

□傳播媒體　□親友推薦　□網站推薦　□部落格　□其他__________

您對本書的評價：（請填代號　1.非常滿意　2.滿意　3.尚可　4.再改進）

封面設計____　版面編排____　內容____　文／譯筆____　價格____

讀完書後您覺得：

□很有收穫　□有收穫　□收穫不多　□沒收穫

對我們的建議：________________________________

____

____

____

請貼
郵票

11466
台北市內湖區瑞光路 76 巷 65 號 1 樓
秀威資訊科技股份有限公司 收
BOD 數位出版事業部

（請沿線對折寄回，謝謝！）

姓　　名：＿＿＿＿＿＿＿＿　年齡：＿＿＿＿　性別：□女　□男

郵遞區號：□□□□□

地　　址：＿＿＿＿＿＿＿＿＿＿＿＿＿＿＿＿

聯絡電話：(日) ＿＿＿＿＿＿＿＿ (夜) ＿＿＿＿＿＿＿＿

E-mail：＿＿＿＿＿＿＿＿＿＿＿＿＿＿＿＿